EIN PERRY RHODAN-TASCHENBUCH

PETER TERRID

DER VERRAT DES ORAKELS

VERLAG ARTHUR MOEWIG GMBH, 7550 RASTATT

PERRY RHODAN-Taschenbuch
erscheint monatlich in der Verlagsunion Erich Pabel-
Arthur Moewig KG, 7550 Rastatt

– Originalausgabe –
Titelbild: Alfred Kelsner
Redaktion: Dr. Florian F. Marzin
Vertrieb: Verlagsunion Erich Pabel-Arthur Moewig KG, 7550 Rastatt
Druck und Bindung: Elsnerdruck, Berlin
Verkaufspreis inklusive gesetzliche Mehrwertsteuer

Alleinvertrieb und Auslieferung in Österreich:
Pressegroßvertrieb Salzburg Gesellschaft m.b.H.,
Niederalm 300, A-5081 Anif
Einzelheft-Nachbestellungen richten Sie bitte an:
TRANSGALAXIS-Buchversand, Postfach 1127,
6382 Friedrichsdorf/Taunus
Lieferung erfolgt gegen Vorkasse (zuzügl. DM 3,– Versandkosten),
per Nachnahme (zuzügl. DM 6,– Versandkosten) oder gegen Rechnung
(zuzügl. DM 3,– Versandkosten).
Abonnement-Bestellungen sind zu richten an:
Verlagsunion Erich Pabel-Arthur Moewig KG, 7550 Rastatt
Lieferung erfolgt zum Verkaufspreis plus ortsüblicher Zustellgebühr
Printed in Germany 1989
ISBN 3-8118-5158-6

1.

Der Abend war sehr schön gewesen, einer jener langen Sommerabende, bei denen die Dämmerung nur ganz langsam eintritt und den Tag allmählich zur Nacht hin wandelt. Es war angenehm warm, wenigstens für mich. Für Normalterraner war es vielleicht eine Spur zu warm. Perry Rhodan jedenfalls schwitzte ein wenig, und Gucky hatte bereits den sechsten eisgekühlten Karottentrunk getrunken.

Ich hatte die Augen geschlossen, ließ mich von der Sonne bescheinen und genoß die Ruhe und den Frieden ringsum. Der Tag war wieder einmal hektisch gewesen. Viel Arbeit, viele Menschen, viel Aufregung.

Wenn ich die Augen öffnete, konnte ich Perry sehen, der über etwas nachdachte. Er dachte immer über irgend etwas nach. Perry war arbeitssüchtig, er brauchte immer irgend etwas zu tun.

„Was ist es diesmal?“ fragte ich. „Die galaktische Lage? Der Etat für das nächste Jahr? Ein Planet in Nöten . . .?“

Perry lächelte und schüttelte den Kopf.

„Ich denke über Demut nach“, sagte er halblaut.

„Aha“, meinte Gucky. „Und was ist das?“

„Nichts, was du hättest oder bekommen könntest“, mischte sich Reginald Bull grinsend ein. Manchmal fragte ich mich wirklich, woher Gucky und Bully noch die Kraft nahmen, die Frotzeleien weiterzuführen, die die beiden seit ihrem Kennenlernen durchexerzierten.

„Wie meinst du das?“ fragte ich und richtete mich auf.

Die wohltuende Massage durch die Liege hörte sofort auf.

„Ganz einfach", sagte Perry Rhodan nachdenklich. „Wir Menschen, die wir jetzt auf der Erde leben, wir haben es in jeder nur denkbaren Beziehung besser als 99,999 Prozent aller Menschen, die je auf diesem Planeten gelebt haben. Der Durchschnittsterraner wird älter als alle seine Vorgänger. Er ist gesünder, er ist wohlhabender, er hat mehr Möglichkeiten – und trotzdem sind die Menschen unzufrieden, oder doch sehr viele sind es."

Perry deutete auf den Himmel, der uns einen malerischen, farbenprächtigen Sonnenuntergang bot.

Selbstverständlich war diese Pracht vorhersehbar gewesen. Schon Monate vor dem Jahreswechsel wurden von der Wetterplanung und -steuerung die Bedingungen für jeden einzelnen Tag des ganzen folgenden Jahres angegeben. Wie das Wetter festgesetzt wurde, war eine Modeerscheinung – mal schwang das Pendel zum Ungewöhnlichen, mal war man konservativer.

Im Augenblick war die Mode konservativ. Die Wettersteuerung beschränkte sich darauf, gewisse natürliche Ungleichgewichte und Willkürlichkeiten auszugleichen. Sie sorgte dafür, daß der Regen gleichmäßig fiel und daß er sich an den vorher berechneten Stundenplan hielt.

„Man braucht nur in seinem Terminkalender nachzusehen", sagte Rhodan halblaut. „Dann weiß man als Bürger Terranias, ob man seinen Schirm mitnehmen soll oder nicht. Und trotzdem – du glaubst nicht, wie viele Beschwerdebriefe die Wetterkontrolle nahezu täglich bekommt. Und das gilt nicht nur für dieses Phänomen, es gilt für eine Unmenge anderer Erscheinungen ebenso – die Menschen sind einfach nicht mehr bereit, gewisse völlig natürliche Ungleichmäßigkeiten in Kauf zu nehmen."

„Was hat das mit Demut zu tun?" fragte Bully. Er

vollführte einen blitzschnellen Augendialog mit Gucky, und der nahm telekinetisch ein Glas von einem Tisch auf und ließ es zu Bully hinüberschweben. Bully brauchte sich nicht einmal zu erheben, um das Glas zu fassen zu bekommen.

„Wir alle, die wir hier sitzen und uns an dem Sonnenuntergang erfreuen", sagte Perry Rhodan nachdenklich, „wir stammen aus einer Zeit, in der man das Pech haben konnte, daß einem der Geburtstag verregnete, daß man im Winter eingeschneit wurde, daß im Frühjahr der Keller unter Wasser stand und was dergleichen Dinge mehr sind. Und schon damals haben sich viele Menschen in den angeblich zivilisierten Regionen der Erde aufgeregt, wenn sie zu den Betroffenen solcher Phänomene gehörten."

„Würdest du nicht jammern, wenn dein Geburtstagsfest buchstäblich ins Wasser fällt?" fragte Bully.

„Jammern? Warum nicht", antwortete Rhodan. „Natürlich würde ich jammern, möglicherweise. Aber das wäre nur natürlich, finde ich. Was mich hingegen schon damals erschüttert hat, ist die Tatsache, daß so viele Zeitgenossen sich in gewisser Weise beschwert haben. Sie führten sich auf, als seien sie vom Schicksal betrogen oder hintergangen worden. Sie benahmen sich so – und das gilt auch für dieses Jahr 425 NGZ und dessen Menschen –, als hätten sie ein angeborenes Recht auf gutes Wetter, Glück im Spiel, Gesundheit, nette Freunde und Bekannte und was sonst noch. Du brauchst nur herumzufragen – ich bin sicher, du wirst auf diesem Planeten kaum noch einen Menschen finden, der es nicht für völlig normal und absolut selbstverständlich hält, daß er geliebt wird. Nicht gemocht oder geduldet oder was auch immer – nein, geliebt."

Ich lächelte versonnen. Ich verstand, was Perry meinte. Bullys Lippen zuckten leise. Auch er hatte begriffen. Diese Männer waren immer wieder für mehr oder weniger lange Zeit einsam gewesen, hatten nur Zeit gehabt für ihre Aufgaben. Und ein Aktivatorträger hatte es ohnehin schwerer damit, einen Lebenspartner zu finden.

Und unwillkürlich vermieden wir drei es, einen Blick auf Gucky zu werfen – das einsamste Intelligenzwesen, das ich kannte. Abgesehen von vagen Hinweisen, orakelhaften Sprüchen und blühendem Raumfahrergarn war Gucky der einzig existierende Mausbiber des Universums ...

„Du meinst“, warf Gucky mit ruhiger Stimme ein, „daß viele Menschen einfach nicht mehr bereit sind, kleine Mißhelligkeiten des Lebens hinzunehmen, die früher alltäglich waren.“

Perry nickte.

„Du kannst sicher mehr davon erzählen, alter Arkon-Kämpe“, sagte er mit leisem Spott. „Ich bin ja schon das Kind einer verweichlichten Hochkultur ...“

„Ich weiß es noch“, antwortete ich. „Ich erinnere mich an die Zeiten, in denen Hungersnöte alle paar Jahre völlig normal waren. In denen die Bauern ihrem Schöpfer auf den Knien dankten, wenn der Hagel ihnen nur die Hälfte der Ernte nahm oder die Seuche nur die Hälfte des Viehs tötete. Ich habe Szenen gesehen, in denen Menschen mit den Mäusen um die letzten Getreidekörner im Speicher gekämpft haben ...“

„Und wo hast du deine Getreidekörner versteckt?“ fragte Gucky.

„Hä?“

Ich starrte den Mausbiber verwundert an.

„Getreide versteckt?“

Ich begriff nicht, was er meinte.

„Vor der Maus, die ich gerade in deinem Garten gesehen habe. Dort hinten, zwischen den Hibiskuszweigen ...“

Wir starrten Gucky völlig entgeistert an. Rhodan furchte die Brauen.

Der Mausbiber hob abwehrend beide Hände.

„Freunde, was seht ihr mich so an?“ fragte er. „Ich habe eine Maus gesehen, keinen Haluter bei der Drangwäsche ... Nur eine graue Maus ...“

In der Tat starrten wir zu dritt den Mausbiber an, als sei er wahnsinnig geworden.

„Gucky“, sagte Perry sanft. „Hier kann es keine Mäuse geben ...“

Aus Sicherheitsgründen war das Gelände, auf dem mein Haus stand, hermetisch abgeriegelt. Die Schirmfelder und Servomechanismen waren nicht zu sehen, aber sie waren perfekt – in mein Haus konnte sich kein Spion einschleichen. Es kam auch kein miniaturisierter Roboter hinein, kein Kaninchen, kein Vogel. Die Schirmfelder durchdrangen auch den Boden bis zum massiven Felsgrund, fünfzehn Meter tief.

Es konnte einfach keine Maus in meinem Garten geben. Es gab nicht einmal Bienen oder andere Insekten, die bei der Bestäubung der Pflanzen von der Natur vorgesehen waren. Vom Sicherheitsdienst war in meinem Garten für diese Aufgabe ein faustgroßer Spezialroboter vorgesehen.

„Aber ich habe sie gesehen“, beharrte Gucky.

„Mann“, stieß Bully hervor. „Die Sicherheitsmaßnahmen sind absolut perfekt. Ich würde meinen Kopf dafür verwetten.“

„Wer wettet schon um Kleinigkeiten“, bemerkte Gucky giftig.

Perry Rhodan hob die rechte Hand. Das war das Zeichen dafür, daß der Spaß ein Ende haben mußte und jetzt ernsthaft gesprochen werden sollte.

„Gucky, was hast du gesehen?“ fragte Rhodan.

„Eine Maus“, wiederholte Gucky. „Ich brauche euch doch wohl nicht zu erklären, wie eine Maus aussieht.“

„Bestimmt nicht“, meinte Bully und schmunzelte für ein paar Sekunden, dann wurde er wieder ernst. „Aber es kann hier keine Mäuse geben. Du mußt etwas anderes gesehen haben.“

Gucky stemmte die Fäuste in die Hüften.

„Wenn ich etwas sehe, das ein Fell trägt, Nagezähne hat und durch diesen Garten auf vier Pfoten huscht ...“

Rhodan warf Bully einen verweisenden Blick zu, und Reginald Bull schluckte die Bemerkung, die ihm auf der Zunge gelegen hatte, folgsam hinunter. Gucky entging das natürlich nicht.

„Ich weiß, wann ich eine Maus sehe“, sagte Gucky energisch. „Ich kann sie ja für euch suchen und herholen ...“

„Das würde das Problem zweifelsfrei klären“, antwortete Perry Rhodan. „Die Frage ist nur – lohnt sich der Aufwand?“

„Ist mir egal“, sagte Gucky schnell. „Ich will euch nur zeigen, daß ich nicht blind bin, oder blöde ...“

Er schloß die Augen und machte sich an die Arbeit.

Hervorragender Telepath, der er war, durfte es ihm eigentlich nicht schwerfallen, die Maus zu orten. Lebewesen ohne ausgeprägte Intelligenz und damit Gedankentätigkeit aufzuspüren, war nicht einfach, aber Guckys Vorteil war, daß es außer ihm und uns in diesem Garten hinter meinem Haus einfach kein anderes Geschöpf geben durfte, das intelligenter war als ein Bakterium.

Und wenn Gucky die Maus einmal angepeilt hatte ...

Bully schüttelte den Kopf, während er Gucky zusah, und er begann immer breiter zu grinsen. Indessen verfinsterte sich die Miene des Mausbibers zusehends.

„Was gibt es zu feixen?“ fragte Rhodan knapp, als Bully sich vor Lachen kaum noch halten konnte.

Reginald Bull gluckste vergnügt.

„Entschuldige“, sagte er heiter. „Aber wenn ich mich

erinnere, was unser Freund Gucky in seinem Leben schon alles geleistet hat, mit wem und was er sich schon herumgeschlagen hat – und dann ist der Held etlicher Galaxien damit beschäftigt, in Atlans Haus Mäuse zu jagen . . .“

Auch ich konnte mir ein Grinsen nicht verkneifen. Es ging die Legende, daß es in der Milchstraße Planeten gab, auf denen dem Mausbiber göttliche Ehren entgegengebracht wurden.

„Laß gut sein, Gucky“, sagte Perry Rhodan nach zwei Minuten. „Die Sache ist den Aufwand nicht wert . . .! “

Gucky öffnete die Augen und lächelte freudlos.

„Wenn ihr meint“, sagte er und zuckte die Schultern. „Hoffen wir, daß wir in Zukunft keine Probleme mehr haben, die dieses hier übersteigen . . .“

Der Abend verlief danach noch gemütlich. Es war selten genug, daß wir einfach so dasitzen und in Ruhe miteinander plaudern konnten. Selbst wenn wir freie Zeit für uns selbst hatten, waren wir oft durch Distanzen von Zehntausenden von Lichtjahren getrennt gewesen. So etwas wie ein normales Privatleben kam bei Aktivatorträgern nur äußerst selten zustande.

Und dies war – Wetterkontrolle hin, Wettersteuerung her – ein wirklich bemerkenswert schöner Sommerabend gewesen.

Es ging auf Mitternacht zu, als sich Bully und Perry verabschiedeten; die wenigen Meter zu ihren eigenen Häusern gingen sie zu Fuß. Gucky aber, der den Rest des Abends in einer für ihn sehr ungewöhnlichen Schweigsamkeit verbracht hatte, blieb noch zurück.

„Du hast etwas auf dem Herzen“, sagte ich, als ich in den Garten zurückkehrte. Irgendwo in der Nähe sang eine Nachtigall. Laute, die ich lange nicht mehr gehört hatte.

Gucky zögerte.

Selbst von vielen seiner Fans wurde Gucky immer wieder wegen seines Aussehens für eine verbesserte Form von Schäferhund gehalten – tapfer, nützlich, obendrein possierlich. Mit einem Wort – lieb.

Die intellektuellen Qualitäten des Mausbibers hingegen wurden außerhalb seines Freundeskreises wenig beachtet. Nur wer längere Zeit mit Gucky verbracht hatte, wußte, daß der Mausbiber sich in seiner knappen Freizeit mit vielen Dingen beschäftigte und an geistigem Tiefgang manchen populären Denker übertraf.

Deswegen fiel es mir nicht ein, mich darüber lustig zu machen, daß irgend etwas dem Mausbiber nicht aus dem Kopf ging.

„Halte mich nicht für verrückt", sagte er halblaut. „Aber es ist wegen dieser Maus . . ."

Ungeachtet aller guten Vorsätze hatte ich dennoch große Schwierigkeiten, ein Schmunzeln zu unterdrücken.

„Und?" fragte ich knapp. Roboter waren derweil damit beschäftigt, jene Arbeiten zu erledigen, die bei Junggesellen in besonders hohem Ansehen standen – aufräumen, saubermachen, spülen. Obwohl ich wußte, daß die Maschinen perfekt programmiert waren, tat ich so, als müßte ich sie beaufsichtigen.

„Erstens", sagte Gucky ernst. „Diese Maus war da. Ich habe sie gesehen."

Ich nickte.

„Kein Einspruch", sagte ich.

„Zweitens – ich habe sie nicht finden können auf dem Grundstück", fuhr Gucky fort. „Und glaube mir, wenn sie hier gewesen wäre, hätte ich sie gefunden und ans Tageslicht befördert . . ."

„Abermals kein Einspruch", sagte ich, und langsam wurde ich neugierig. „Vielleicht hat sich das Tierchen davongemacht . . ."

Gucky lächelte.

„Atlan, alter Arkonprinz“, sagte er mit liebenswürdigem Spott. „Du glaubst wirklich, daß unsere Sicherheitsexperten, Abwehrtechniker, Schnüffler, Spione und Superagenten dich oder Perry oder Bully oder sonstwen von solcher Bedeutung in einem Haus wohnen lassen würden, in dem Mäuse ein und aus gehen können? Bully hatte mit seinem Einwand völlig recht. Deswegen bin ich ja so besorgt. Aber das ist noch nicht alles . . .“

Gucky machte eine weit ausgreifende Bewegung, die mein ganzes Zuhause umschloß.

„Etwas ist hier“, sagte er leise.

Ich zog mißtrauisch die Brauen zusammen.

„Wer?“

„Nicht wer“, antwortete Gucky. „Ich habe kein Persönlichkeitsmuster erkennen können. Da ist etwas, nicht jemand.“

Am liebsten hätte ich Gucky wegen dieser Geisterseherei laut ausgelacht. Aber der Mausbiber hatte so ernsthaft gesprochen, daß mir weniger nach Lachen zumute war. Statt dessen spürte ich ein seltsames Gefühl der Beklemmung, als würde mir eine Kraft den Brustkorb zusammendrücken oder den Hals einschnüren.

Ich erkannte die Symptome sofort.

Ich hatte Angst.

Nicht allzuviel, und im Lauf von mehr als zwölf Jahrtausenden hatte ich gelernt, mit solchen Anwandlungen fertig zu werden. Aber ich hatte in dieser Zeit auch gelernt, die seltsamen Informationen zu beachten, die auf geheimnisvolle Weise aus der Tiefe der Seele aufstiegen und sich jeder logischen Analyse entzogen. Ob man das Witterung nannte, sechsten Sinn, Präkognition oder Instinkt. Es gab diese Phänomene, und sie hatten mir mehr als einmal das Leben gerettet.

Aus meinem Schweigen hatte der Mausbiber die richtigen Schlüsse gezogen.

„Was wollen wir tun?“ fragte er.

Ich holte tief Luft.

„Vergessen wir die ganze Angelegenheit“, sagte ich. In Guckys Augen funkelte es ironisch.

„Machen wir uns nichts vor“, sagte er feixend. „Wir finden diese Sache beide recht seltsam. Aber wir sind beide viel zu eitel, um das Risiko einzugehen, daß nicht das geringste dabei herauskommt, wenn wir die Roboter scheu machen ...“

Ich lachte.

„So ist es, Gucky“, sagte ich. „Aber ich werde die Augen offenhalten. Und wenn es etwas Neues gibt, werde ich es dich unverzüglich wissen lassen. Genügt das?“

„Fürs erste ja“, sagte er halblaut und sehr nachdenklich. „Und nun – wie hätte der gute alte Melbar Kasom gesagt: Werde satt und dick ...“

Im nächsten Augenblick war er per Teleportation verschwunden.

2.

„Okay, das war's ...“

Mit einem Knopfdruck ließ Perry Rhodan die Bildschirme und Displays verschwinden. Der Raum sah jetzt nicht mehr wie die Zentrale eines Großraumschiffs aus, sondern wie ein Büro. Die Besprechung war beendet.

Ich rieb mir leicht die Schläfen. In meinem Nacken pochte es leise. Normalerweise bekam ich diese Nackenschmerzen, wenn ich einen Transmitter benutzte. Früher, als es noch die alten Transitionstriebwerke gegeben hatte, war ich von diesen ziehenden Nackenschmerzen besonders gepeinigt worden. Heute hätte ich anderen Menschen kaum noch klarmachen können, was ein Transitionsantrieb überhaupt war.

„Probleme, Atlan?“

Ich schüttelte auf Perrys Frage den Kopf.

„Spannungskopfschmerzen, aber nur ganz schwach“, antwortete ich. „Kein Grund, sich aufzuregen. Dergleichen sucht ab und zu sogar Aktivatorträger heim . . .“

„Ich weiß“, antwortete Rhodan. So ein Zellaktivator war zwar eine wunderbare Angelegenheit, aber beileibe kein Universal-Prophylaktikum. Rhodan hatte das beispielsweise in Andromeda erfahren, als er sich in einem defekten Antigravschacht ein paar Knochen gebrochen hatte.

„Vielleicht zerbricht er sich den Kopf wegen der Mäuse“, bemerkte Bully spöttisch.

„Geldprobleme sind mir weitgehend unbekannt“, gab ich zurück. „Das . . .“

Ich hielt im Satz inne.

„Was seht ihr mich so an?“ fragte ich. „Habe ich grünlila Flecken im Gesicht? Besitze ich eine Nase wie Cyrano de Bergerac . . .“

„Atlan, tu mir bitte einen Gefallen“, sagte Perry Rhodan. Obwohl er sich Mühe gab, ganz ruhig zu sprechen, konnte ich seiner Stimme anmerken, daß er besorgt war. Und zwar meinetwegen . . .

„Welchen?“

„Setze dich hin und erzähle mir einfach ein bißchen etwas über Mäuse . . .“ sagte Rhodan.

Ich begann zu lachen.

„Perry, das hat nicht einmal damals bei . . .“, begann ich, unterbrach mich aber, als ich die Gesichter meiner Freunde sehen konnte. Warum um Himmels willen, sahen sie mich so seltsam an?

„Was soll das alles?“ fragte ich gereizt. Es war nicht der erste April, auch sonst gab es keinen Grund, mit mir ein derartiges Affentheater aufzuführen.

„Was ist mit der Maus in deinem Garten?“ fragte Perry.

„In meinem Garten gibt es keine Mäuse“, sagte ich

gereizt. „Es hat keine Maus gegeben, es wird keine geben, es sei denn . . .“

Allmählich wurde ich wütend.

„Klartext“, verlangte ich. „Was soll dieser Zirkus?“

Meine Kopfschmerzen waren stärker geworden, und das idiotische Gehabe meiner Freunde zerrte an meinen Nerven.

„Atlan“, sagte Perry Rhodan halblaut. Er setzte sich neben mich. Es fehlte nur noch, daß er meine Hand nahm, an sein Herz drückte und mir tief in die Augen sah. Die ganze Mannschaft schien allmählich durchzudrehen . . .

„Wir haben vor ein paar Tagen in deinem Garten gesessen“, begann Rhodan. Er hatte diesen milden, verständnisvollen Tonfall, den Seelsorger und schlechte Psychologen gelegentlich anschlugen. Es war ein Tonfall, wie man ihn gegenüber Menschen anschlug, die man für geistig verwirrt oder nicht zurechnungsfähig hielt.

„Das weiß ich“, gab ich zurück.

„Und Gucky hat an diesem Abend eine Maus gesehen . . .“, fuhr Rhodan fort. „Das heißt – er ist sich sicher, daß er eine gesehen hat. Aus gewissen Gründen hatten wir anderen Zweifel . . .“

Ich starrte Rhodan an.

Mit einem Schlag begriff ich, was ihn umtrieb. Mir wurde kalt und heiß zumute, ich schluckte heftig.

Wenn Rhodan, Bully und die anderen im Raum – alles Menschen, die ich seit mittleren Ewigkeiten kannte und schätzte – nicht einen wirklich abgeschmackten Scherz auf meine Kosten ausgebrütet hatten, dann . . .

Dann gab es nur eine Erklärung . . .

Und diese Erklärung versetzte mir einen heftigen Schock.

Ich hatte den Vorfall vergessen – einfach vergessen.

Ich – Atlan, Ex-Kristallprinz von Arkon, Ex-Imperator Gonozal VIII von Arkon . . .

Viel war nicht geblieben von dieser Epoche meines Lebens. Das Arkon-Imperium gab es nur noch in Sagen und Geschichtsbüchern.

Aber aus dieser Zeit stammte das Ergebnis der ARK SUMMIA – mein Extrahirn, bestehend aus dem Logiksektor, der besser als mancher Großcomputer Daten analysieren und aufarbeiten konnte, und dem dazugehörigen Datenspeicher, meinem fotografischen Gedächtnis.

Ich konnte den Vorfall mit der Maus nicht vergessen haben. Jeder andere – nicht ich. Nicht ein Arkonide mit einem fotografischen Gedächtnis.

Perry Rhodan machte ein sehr ernstes Gesicht. Besser als jeder andere im Raum wußte er, was diese Tatsachen für mich bedeuteten. Im letzten Jahr erst war ich in die heimatliche Milchstraße zurückgekehrt, nachdem ich Jahrhunderte lang im Auftrag der Kosmokraten durch das All vagabundiert war und außerdem als *Orakel von Krandhor* gedient hatte.

Ob ich alles und jedes, was ich dort erlebt hatte, noch wußte, war fraglich. Ich hatte zwar keinen Beweis dafür, aber irgendwie war ich mir ziemlich sicher, daß die Kosmokraten aus Gründen der Geheimhaltung die eine oder andere Information aus meinem ansonsten unbestechlich genauen Gedächtnis entfernt hatten.

Das war Vermutung – Beweise dafür hatte ich nicht.

Denn es gab in meinem Gedächtnis keine Lücken, andernfalls hätte sich der Logiksektor schon längst zu dem Thema bemerkbar gemacht. Nach wie vor konnte ich mich auf mein Gedächtnis verlassen. Und selbst wenn die Kosmokraten meinen organischen Datenspeicher manipuliert haben sollten, hätte das unter gar keinen Umständen Erinnerungslücken hervorgerufen – schon gar nicht, wenn die Ereignisse so kurze Zeit zurück lagen wie dieser Vorfall mit der vermaledeiten Maus.

Ich sah Rhodan an. Er hatte die Lippen aufeinandergepreßt, daß sie einem Strich gleichkamen. Auf seiner Stirn war eine steile Falte aufgetaucht.

„Du brauchst es nicht auszusprechen", sagte ich grimmig. „Ich weiß es auch so . . ."

Es war offensichtlich, welche Gedanken Rhodan bewegten. Das eine war Sorge um mich und meine Gesundheit. Das andere war die Sorge um die Sicherheit – schließlich war ich Geheimnisträger. Außerdem hatte ich mit meinem Gedächtnis und dem Logiksektor Rhodan manchen brauchbaren Rat geben können. Oft hatte Rhodan diese Ratschläge angenommen, und in gewisser Weise hatte er inzwischen ein ebenso großes Vertrauen in die Perfektion meines Extrahirns gewonnen wie ich selbst.

„Was willst du tun?"

Guckys Stimme klang leise. Auch er wirkte betroffen.

Wahrscheinlich dachten alle im Raum das gleiche wie ich. Was hatten die Kosmokraten mit meinem Gehirn gemacht? Mich umgedreht, mich zum willfährigen Werkzeug ihrer Pläne gemacht? Zeit genug für solche Manipulationen hatten sie wahrhaftig gehabt; und es war auch technisch fast nur ihnen zuzutrauen, solche Eingriffe vorzunehmen.

„Ich . . ."

Ich zuckte mit den Schultern. Es tat gut, die Betroffenheit in den Gesichtern der Freunde zu erkennen. Auf der anderen Seite fand ich diese Sorge aufreizend. Sie behandelten mich wie ein Kleinkind. Als ob ich nicht selbst auf mich aufpassen könnte.

Natürlich – und Rhodan kam dann auch prompt mit dem unvermeidlichen Vorschlag.

„Du solltest einen Arzt aufsuchen", sagte er halblaut. „Du . . ."

„Ich weiß selbst am besten, was für mich gut ist", gab ich zurück. „Und hört auf, mich anzustarren wie den Glöckner von Notre-Dame . . ."

Bravo, machte sich das Extrahirn bemerkbar, *damit hast du es ihnen gegeben. Im 38ten Jahrhundert auf einen Roman des 19ten Jahrhunderts anzuspielen – da soll noch einer an deinem Gedächtnis zweifeln.*

Unangenehm war nur, daß diese Bemerkung des Logiksektors in einem ausgesprochen sarkastischen Tonfall gehalten war.

Immerhin, dieser kurze Impuls bewies, daß das Extrahirn noch vorhanden war und funktionierte. Ich gab meinen Freunden mit einer energischen Handbewegung zu verstehen, daß ich fürs erste genug von ihren besorgten Mienen hatte. Währenddessen ließ ich den Logiksektor gleichsam einen Selbsttest des Extrahirns durchführen. Wenn es irgendeine Instanz in der Galaxis gab, die imstande war, das Funktionieren des Extrahirns wirklich zu begreifen und auf Fehler zu überprüfen, dann war es das Extrahirn selbst . . .

Die ganze Prozedur dauerte eine knappe halbe Minute, dann meldete sich das Extrahirn mit einem knappen *Alles in Ordnung* in meiner Wahrnehmung.

Rhodan, Gucky und die anderen wechselten kummervolle Blicke. Sie führten sich an diesem Tag wirklich sehr merkwürdig auf; hätte ich nicht genau gewußt, daß es sich dabei um hochintelligente und überaus vertrauenswürdige Geschöpfe handelte, hätte ich fast annehmen können, sie seien geistig ein wenig durcheinander.

„Atlan, alter Freund“, sagte Perry nach einigem Zögern. „Auch wenn es dir nicht gefällt – und ich kann sehen, daß es dir nicht gefällt – du solltest dich eingehend untersuchen lassen . . .“

Ich wehrte mit überlegener Geste ab.

„Längst geschehen“, sagte ich gelassen. „Alles in Ordnung . . .“

Die Furche auf Rhodans Stirn vertiefte sich.

„Wer sagt das?“

„Das Extrahirn“, antwortete ich. „Allgemeiner, umfassender und perfekter Selbsttest . . .“

Das Gefühl sicherer Überlegenheit hielt nur für ein paar Sekunden an. Dann klang Guckys Stimme auf, und die wenigen Worte, die er sagte, zogen mir den Boden unter den Füßen weg.

„Gödels Satz . . .“

Mehr sagte der Mausbiber nicht. Es genügte auch.

Gödel, Mathematiker des frühen 20. Jahrhunderts, hatte einen Satz abgeleitet, demzufolge es kein Denksystem gab, mit dem man die Wirklichkeit sowohl vollständig als auch widerspruchsfrei beschreiben konnte. Dieser Satz war in der Wissenschaft inzwischen allgemein anerkannt, auch wenn er keinem so recht ins Konzept paßte. Aus diesem Satz ergab sich: ebensowenig, wie ein Gericht glaubhaft über die eigene Befangenheit entscheiden konnte, ebensowenig, wie ein technischer Apparat die Fehlerfreiheit technischer Apparate gewährleisten konnte, ebensowenig war mein Extrahirn imstande, die eigene Zuverlässigkeit zu überprüfen. Allein der Tatsache, daß das Extrahirn behauptete, einen solchen Test erfolgreich durchgeführt zu haben, sprach schon dafür, daß es funktionsgestört war.

»Setz dich“, sagte Rhodan leise.

Mochte er mich auch behandeln wie ein Vater seinen schwachsinnigen Sohn, in diesem Augenblick war ich ihm dafür dankbar. Er führte mich zu einem Stuhl, auf dem ich niedersank.

Die Vorstellung, künftig nicht mehr auf das Extrahirn rechnen zu können, war grauenvoll, noch gräßlicher die Angst, das Extrahirn könne womöglich gar gegen mich . . .

Ich richtete mich auf und sah meine Freunde an.

Freunde?

Nun ja, wir waren befreundet, seit Jahrhunderten sogar. Und die Mienen, in die ich blicken konnte, drückten auch wirklich Kummer aus. Betroffenheit, ja sogar Angst. Aber im Hintergrund, war da nicht auch ein wenig Schadenfreude zu spüren? Die Freude des kleinen Mannes, der einen großen stürzen sieht? Wahrscheinlich, so schoß es mir durch den Kopf, hatte ich sie meine natürliche Überlegenheit zu sehr spüren lassen. Vielleicht hatte ich auch als Angehöriger einer verfeinerten Kultur zu deutlich auf die Barbarei der Terraner herabgesehen; es war selbst für mich nicht ganz einfach, unter Geschöpfen zu leben, die ihresgleichen noch mit Keulen erschlugen und verspeisten, als meine Vorfahren schon mit gewaltigen Raumflotten durch die Weiten der Milchstraße donnerten . . .

„Was geht mit dir vor, Atlan?“ fragte Perry Rhodan. „Du bist blaß, dein Puls geht auffallend schnell, und du scheinst vor allem unausgesetzt nachzudenken . . .“

Ich lächelte milde.

„Und vor allem das Letztere ist es wahrscheinlich, was dir Sorgen macht“, sagte ich. Wie zum Beweis für das perfekte Funktionieren des fotografischen Gedächtnisses tauchte eine Erinnerung an den großen *Sverlyn* auf, einen der bedeutendsten Mimen, den Arkon je hervorgebracht hatte. Keiner traf wie er den richtigen Ton in Dialogen zwischen Herren und Gesinde. Und in eben seinem Tonfall fuhr ich fort:

„Das Unbekannte daran wird dich erschrecken, nicht wahr?“

Perry Rhodan nickte. Seine Miene drückte fürwahr Erschrecken aus.

„In der Tat“, sagte er leise. „Ich bin erschrocken, sehr sogar.“

Er log nicht, ich konnte es sehen. Und dann nahm ich wahr, daß jemand versuchte, meine Gedanken auszuspionieren. Ein Telepath griff nach meinem Bewußtsein.

Er tat es geschickt, und hätte ich nicht einige

Jahrtausende Erfahrung auf diesem Gebiet gehabt, hätte ich es wahrscheinlich gar nicht bemerkt.

Und es gab nur ein Lebewesen, das diese Meisterschaft als Telepath besaß.

Eigentlich wollte ich Gucky einfach nur zurechtweisen für diese impertinente Flegelei, aber dann kam mir ein besonderer Gedanke.

Einem Mann meines Formats fiel es natürlich leicht, in sein Bewußtsein die Bilder aufsteigen zu lassen, die er dort zu haben wünschte. Und da ich wußte, daß der Mausbiber – nicht trotz, sondern gerade wegen seiner telepathischen Fähigkeiten – ein Erzmoralist war, hatte ich auch sofort die entsprechenden Gedankenbilder parat.

Gucky zog sich blitzartig aus meinem Bewußtsein zurück, und hätte er nicht den Pelz getragen, hätte jetzt jedermann im Raum einen Mausbiber sehen können, der vor Verlegenheit und Scham errötete . . .

„Mach das nicht noch einmal, Freund“, sagte ich liebenswürdig zu dem Ilt, „oder ich werde dein Fell als Bettvorleger benutzen . . .“

Gucky nickte sofort.

„Natürlich, Atlan“, sagte er eilfertig. „Es wird nicht wieder vorkommen.“

Ich stand auf. Für mich war die Angelegenheit erledigt. Ich machte zwei Schritte auf die Tür sah, dann sah ich aus den Augenwinkeln heraus, wie Perry dem Mausbiber ein Zeichen gab. Die anderen Personen im Raum hielten sich im Hintergrund und verfolgten nur aufmerksam das Geschehen. Sie sahen mich an wie einen schwangeren Haluter.

„Es tut mir leid, Atlan“, sagte zuerst Perry Rhodan, dann Gucky. Er hielt mich telekinetisch fest.

Ich drehte mich langsam herum. Das durfte ich noch. Innerlich verwünschte ich, daß zu diesen Besprechungen keine Waffen mitgenommen werden durften.

„Pfeife dieses Vieh zurück, Barbar“, sagte ich in angemessenem Tonfall. „Bist du verrückt geworden, dieses psionische Haustier auf mich zu hetzen?“

Sah ich richtig? In Rhodans Blick flackerte tiefe Angst.

„Ich werde Gucky nicht zurückpfeifen, wie du dich ausdrückst, Freund“, sagte Rhodan. Er sprach leise, in einem Tonfall tiefen Bedauerns. „Ich muß leider . . .“

„Du wirst mich jetzt gehen lassen“, sagte ich drohend. „Was soll dieser ganze Unfug? Glaubst du, du könntest mich irgendwo verschwinden lassen? Mich einsperren, wenn es dir gerade so beliebt?“

Perry Rhodan zögerte lange.

„Ich kann dich jetzt nicht gehen lassen“, sagte er dann stockend; wahrscheinlich war er über seinen eigenen Mut erstaunt, oder er hatte Schwierigkeiten, die Frechheiten über die Lippen zu bringen, die er nun aussprach. „Du hast nicht nur einen kleinen Gedächtnisausfall, Atlan“, sagte Perry Rhodan; seine Stimme wurde von Satz zu Satz fester und energischer. „Obwohl auch der schon schlimm genug wäre und Anlaß, sich Sorgen um dich zu machen. Weit schlimmer ist, daß sich deine Persönlichkeit rapide zu verändern beginnt. Du verhältst dich anders als sonst . . .“

„Bin ich sonst höflicher zu dir und deinesgleichen?“ fragte ich sarkastisch.

„Ja“, antwortete Rhodan. „Das bist du. Höflicher, und außerdem . . . Gut, vor deinem Spott ist in dieser Galaxis nichts und niemand je sicher gewesen, er gehört zu dir wie dein Extrahirn. Aber deine Ironie ist bisher stets sanft gewesen, hilfreich, und manch eine spöttische Bemerkung von dir ist nur der Pointe wegen entstanden. Jetzt ist deine Rede giftig, zynisch. Du sprichst verächtlich und in verletzendem Tonfall. Und mir fällt auf, daß du offenbar in allem, was wir tun und sagen, Feindseligkeit vermutest . . .“

Ich zog die Brauen in die Höhe, um ihm mimisch anzudeuten, was ich von seiner Rede hielt.

„Fehlt nur noch, daß du mich für geisteskrank hältst", sagte ich milde. „Aber wahrscheinlich projizierst du nur . . ."

Rhodans Gesicht zuckte heftig, dann begann er plötzlich zu lachen.

„Himmel", ächzte er. „Was für ein Scherz . . .!"

Ich sah ihn entgeistert an. Er schien völlig durchgedreht zu sein.

Oder sollte er etwa nicht wissen, was mit dem psychologischen Fachausdruck gemeint war. Das konnte ich mir nicht vorstellen. Gemeint war damit ein seelisches Phänomen, das schon in der Bibel erwähnt worden war – in dem Bild von dem Mann, der den Splitter im Auge des Bruders, nicht aber den Balken im eigenen Auge sieht.

Was Rhodan allerdings dazu brachte, sich vor Lachen förmlich auszuschütten, begriff ich nicht ganz; ein Jux wäre meine Bemerkung nur gewesen, wenn er mich verdächtigt hätte, selbst zu projizieren, und das war ja wohl ausgeschlossen.

Rhodan faßte sich nach wenigen Augenblicken. Er wurde wieder ernst.

„Ich mache mir große Sorgen deinetwegen", sagte er dann ruhig. „Und deswegen finde ich, daß du dich untersuchen lassen solltest . . ."

Daß Rhodan mitunter seltsame Einfälle hatte, war mir seit langem bekannt, auch daß er ab und an einen nicht selten bizarren Humor an den Tag legte. Aber er hatte seine letzten Worte ernst gemeint.

„Du willst, daß ich mich auf meinen Geisteszustand untersuchen lassen?" fragte ich fassungslos.

Er wollte mir übel. Ich spürte es immer deutlicher. Die Aura von Feindseligkeit im Raum war fast mit Händen zu greifen. Ich sah das Lauern in den Augen der anderen. Sie gierten förmlich danach, sich auf mich zu stürzen.

Schon oft in meinem Leben war ich von Feinden umgeben gewesen, aber jetzt war es ganz besonders schlimm. Denn die Menschen, die in diesem Augenblick offen oder versteckt danach trachteten, mich für verrückt erklären zu lassen, waren einmal meine Freunde gewesen.

Dieser Verrat schmerzte doppelt; ich spürte, wie Traurigkeit und Wut in mir aufstiegen. Und Verachtung.

Ich wußte es genau: Sie waren eifersüchtig und neidisch auf mich, sie ertrugen meine Gegenwart nicht länger, weil sie sich – zu Recht, natürlich – klein und kümmerlich in meiner Gegenwart fühlten. In mir verkörperte sich nicht nur die Erfahrung von fast zehn Jahrtausenden Erdgeschichte, sondern auch auch das kulturelle Erbe des großen Imperiums von Arkon, dessen Imperator ich einmal gewesen war. Ich hatte mit den Herrschern Ägyptens und Chinas gesprochen, die – Halbgöttern gleich – der Erde fast entrückt zu sein schienen.

Und nun sollte ich hinnehmen, daß ein ehemaliger Risikopilot der US Space Force und seine nicht minder zweifelhaften Freunde mich schlichtweg für verrückt zu erklären versuchten. Mich – einen Mann, der der ARK SUMMIA für würdig befunden worden war.

„Dein Vorschlag allein“, antwortete ich scharf, „beweist, daß du selbst dringend einer solchen Untersuchung bedarfst. Und nun laß mich meiner Wege gehen.“

Rhodan gab Gucky einen Wink, und wenig später konnte ich den Raum ungehindert verlassen. Bevor ich aber dazu kam, auch das Gebäude zu verlassen, tauchten drei Roboter in meiner Nähe auf, und deren Gewalt hatte ich nichts entgegenzusetzen.

Das sah Rhodan ähnlich. Selbst zu feige, die Auseinandersetzung mit mir zu wagen, verschanzte er sich hinter Maschinen, die mich packten und erbarmungslos mit sich schleppten.

Eine knappe Viertelstunde, nachdem ich den Konferenzraum verlassen hatte, lag ich unter einer vollpositronischen Untersuchungsmaschinerie, die mich einer Rundum-Inspektion unterzog. Blut wurde mir abgezapft – ungeachtet meiner Proteste. Ich wurde gedreht, gewendet, mit Strahlungen aller Art bombardiert. Man machte bunte Fotos vom Spin meiner tomographischen Kerne, durchleuchtete und röntgte mich, maß und prüfte ... Kein Raumschiff war jemals so gründlich durchgeprüft worden wie ich.

Ich ließ diese merkwürdige Prozedur in ruhiger, gefaßter Haltung über mich ergehen, wohl wissend, daß ich in meiner gegenwärtigen Lage wenig Hoffnung hegen durfte, Rhodans willfährigen Medo-Robotern zu entgehen. Finden würden diese Maschinen ohnehin nicht das geringste ...

Es gab nichts zu finden, und niemand mußte das besser wissen als Rhodan selbst. Schließlich trug auch er einen Zellaktivator. Mit diesem Gerät um den Hals konnte man nicht altern, nicht krank werden, nicht einmal vergiftet werden – gerade auf diesem letzteren Gebiet hatten wir einschlägige Erfahrungen machen müssen. Aber die Zeit jenes Obmanns von Plophos namens Iratio Hondro, der uns ein tückisches Gift hatte einspritzen lassen, um uns zu unterwerfen und gefügig zu machen, lag lange zurück.

„Analyse beendet ...“

Die gegenwärtige Mode schrieb Roboter mit kultivierter Stimme vor, und dieser hier sprach fast zu perfekt, um menschlich zu sein. In ein paar Jahren würde der Trend vermutlich wieder umkippen und dann würden die Roboter wieder mit blechernen Stimmen ihre Botschaften verkünden.

Die Auswertung der Analyse bekam ich in dreifacher

Ausfertigung – akustisch (per Computerstimme im Mode-Sound), auf einem Bildschirm in Lila auf Türkis (ebenfalls Modeerscheinung) und in Gestalt eines Plastikstreifens, der aus einem Automaten herausquoll, als wolle mir die Maschine die Zunge herausstrecken.

Das Ergebnis war natürlich so, wie ich es erwartet hatte – Blutdruck erhöht (kein Wunder, bei dem Ärger), Puls ein wenig zu schnell, Blutfettwerte normal, Blutzucker . . . die Liste war lang, vollständig und langweilig. Ich war kerngesund, es fehlte unten am Ende des Streifens nur noch der Hinweis *„für Zuchtzwecke zu empfehlen"*.

In der Annahme, daß Rhodan sich diese ekelhafte Szene nicht hatte entgehen lassen, sah ich mich nach einer Überwachungsoptik um.

„Nun, bist du jetzt zufrieden, Rhodan? Genügt es jetzt? Oder hast du noch weitere Überfälle dieser Art vor? Nein? Schon kapituliert . . .?"

Ich bekam keine Antwort, jedenfalls keine gesprochene. Aber die Roboter, die der Prozedur beigewohnt hatten, rührten sich nicht, als eine Tür aufging und ich den Untersuchungsraum verlassen konnte. Und ich war froh, als sich hinter mir die Tür wieder schloß.

Ich hatte erst ein paar Meter zurückgelegt, als es „Plop" machte und Rhodans Schoßbestie vor mir materialisierte.

„Aus dem Weg", herrschte ich Gucky an. „Wenn du mich anfaßt, gibt es Ärger . . ."

Guckys Mundwinkel zuckten. Seit schätzungsweise zweitausend Jahren hatte kein Lebewesen es gewagt, derart mit dem Mausbiber zu reden – jedenfalls nicht ungestraft. Kein Wunder, daß dem Nager dies zu Kopf gestiegen war.

„Einen Augenblick", sagte Gucky. Es klang höflich, fast flehend, also blieb ich stehen.

„Was willst du?" fragte ich.

„Nur eine Bitte“, sagte Gucky. „Dein Gedächtnis – ist es noch intakt?“

„Es ist“, beruhigte ich ihn. „Es ist entschieden weniger lückenhaft als dein Gebiß ...“

Gucky nahm die Anspielung widerspruchslos hin.

„Erinnerst du dich an den Samstag vor drei Wochen?“ fragte Gucky. „Erinnerst du dich ...“

„Natürlich“, sagte ich spontan. „Selbstverständlich erinnere ich mich ...“

3.

Ich schloß kurz die Augen und überprüfte mich selbst. Ich war in Ordnung, meine Gedanken liefen in den normalen Bahnen. Ich war ein wenig nervös, nein, ich war ängstlich. Es war wichtig, solche Unterschiede zu beachten, und es würde in der Zukunft sehr darauf ankommen, daß ich ehrlich war, selbst dann, wenn es schmerzte.

Li-Tai-Ho war ein alter Mann, vielleicht einer der ältesten Menschen auf der Erde überhaupt – von den Unsterblichen mit ihren Zellaktivatoren einmal abgesehen. Soziologisch gesprochen, war Li-Tai-Ho ein Fossil; sein Denken kreiste in Bahnen, die jahrhundertealt waren.

Li-Tai-Ho war Afro-Chinese. Seine Haut war dunkel, fast schwarz, die Augen waren mandelförmig, und er trug den Bart nach uralter chinesischer Sitte. Li-Tai-Ho trug auch einen Zopf, wie er schon Mitte des zwanzigsten Jahrhunderts in China unmodern gewesen war. Aber die Wurzeln von Li-Tai-Hos Denken reichten noch weit tiefer zurück in die Vergangenheit.

„Zum ersten Mal, alter Freund“, sagte der alte Mann mit einer tiefen, knarrenden Stimme, „kommst du nicht als Gast und Freund, sondern als Bittsteller ...“

Er sagte es ruhig, es war eine Feststellung. Natürlich hatte er recht, darüber brauchte nicht gesprochen zu werden. Seine Wahrnehmung für diese Dinge war ungeheuer gut; fast hätte er damit Telepathen Konkurrenz machen können.

Ich kannte diesen Mann seit vielen Jahren, und ich hatte Vertrauen zu ihm. Und einmal mehr hatte er recht – ich kam tatsächlich als Bittsteller. Die Angst hatte mich hergetrieben; anders konnte man es nicht ausdrücken.

Es war Angst, Grauen sogar. Ein stilles Entsetzen, daß sich langsam immer tiefer ins Gemüt fraß und daraus nicht mehr weichen wollte.

Ich hatte mich verändert. Nicht äußerlich, nur in meinem Innern. Mein Charakter änderte sich, und er änderte sich auf entsetzliche Weise.

Außenstehenden mußte dies wie ein Bruch in meiner Persönlichkeit vorkommen, ja fast, als sei unvermittelt ein zweiter Atlan aufgetaucht, der dem alten Atlan nur äußerlich ähnlich sah, sich ansonsten aber stark verändert zeigte.

Wenn er sich änderte, dann wurde ich arrogant und überheblich, und das in einem Ausmaß, das sogar den hochnäsigen Arkon-Prinzen früherer Jahrtausende hätte erröten lassen.

Wenn er sich änderte, überschüttete ich meine Umgebung, Freunde und Bekannte, mit ätzenden, zynischen Bemerkungen, und mein Gedächtnis und meine scharfe Wahrnehmung waren mir dabei behilflich, solche Bosheiten auszuwählen, bei denen die Treffer unter der Gürtellinie lagen.

Wenn er sich änderte, wurde ich rücksichtslos, egoistisch, brutal. Ich spürte Ärger und Zorn in mir wühlen, eine dumpfe, alles übertönende Aggressivität auf alles und jedes.

Und was das Schlimmste war – wenn sich mein

Charakter änderte, merkte ich es nicht. Von innen war dieser gräßliche Wandel nicht wahrzunehmen. Später erst, wenn ich wieder zu mir gefunden hatte, wenn mein Gedächtnis mich im nachhinein darüber informierte, was ich getan und gesagt hatte, dann überfielen mich Schmerz und Scham.

Was für Bosheiten hatte ich nicht in diesem Zustand Rhodan oder Gucky an den Kopf geworfen? Im nachhinein, wenn ich meine Gedanken und Empfindungen aus diesen Veränderungsphasen noch einmal überdachte, erschienen sie mir schrecklich – außerdem war ein Hang zu paranoidem Denken nicht zu verkennen.

Das hatte Gucky mit seiner Frage gemeint. Damals hatte ich mich zum ersten Mal entschuldigt; lahm und fast ein wenig linkisch. Ich hatte keine Übung darin, mich für Beleidigungen zu entschuldigen, die ich tatsächlich ausgesprochen hatte.

Es war grauenvoll, und es wurde mit jedem Tag schlimmer.

Die Spezialisten, die Rhodan aufgeboten hatte, waren über mich hergefallen und hatten mich quasi in Einzelteile zerlegen wollen. Aber nach den ersten Erfahrungen mit der modernen Apparatemedizin hatte ich die Dienste der Damen und Herren ausgeschlagen – im Normalzustand ausgeschlagen, höflich, aber sehr entschieden.

Und jetzt saß ich dem alten Chinesen gegenüber, dessen weiße Haare so seltsam abstachen von der dunklen Haut. Ich atmete den Duft von Räucherstäbchen ein, vor mir stand eine flache Teeschale mit unfermentiertem, grünem Tee.

Verstand er nichts davon, oder war es Absicht, um die Besucher zu verwirren – nichts in dieser seltsamen Behausung paßte zusammen. Ein schwarzer Chinese, an den Wänden Teppiche in der Tradition Persiens, und aus einem der hinteren Räume schallte eine Musik durch den aromatischen Rauch. Der Rauch stammte von mexikanischem Kopal-Holz, und die Musik war so fossil wie Li Tai Ho selbst. Aber wer außer Rhodan, mir und ein paar anderen hätte diesen Mischmasch von Stilen und Kulturen überhaupt bemerkt?

„Was kann ich für dich tun?"

Li Tai Ho hatte eine sehr dunkle, samtige Stimme, die auch im Alter ihren sonoren Glanz behalten hatte. Aber ihm fehlte im Oberkiefer ein Zahn, und mit den Zischlauten hatte er Schwierigkeiten.

Ich zuckte mit den Schultern.

„Ich weiß es nicht", sagte ich leise und nippte an dem Tee. „Ich . . ."

Bevor ich des langen und breiten meine Sorgen und Probleme vor ihm ausbreiten konnte, gebot Li Tai Ho mir mit einer Handbewegung Schweigen.

„Gib mir deine Hand", sagte er. „Ich werde dein Herz belauschen . . ."

Er griff nach meiner linken Hand, legte die Spitzen von Zeige- und Mittelfinger auf den Puls, dann schloß er die Augen und versank in tiefes Brüten.

Eine Viertelstunde verging, aber Li Tai Ho rührte sich nicht. Er lauschte versunken meinem Puls, seine Miene wirkte wie eingefroren. Ein Zuschauer hätte glauben mögen, ich hätte meine Hand in eine meisterhaft geschnitzte und bemalte Statue gelegt.

Fast eine Stunde verharrten wir so, dann öffnete der alte Mann die Augen. Ich sah, daß sie feucht glänzten; tiefe Traurigkeit war darin zu sehen. Und ich erschrak, denn der Ausdruck dieser Augen konnte nur bedeuten, daß er um mich trauerte.

„Ich . . ."

Wieder gebot er mir Schweigen. Er griff neben sich. In einem überquellenden Regal suchte er nach etwas. Dann tauchte seine Hand wieder auf. Er hielt einen Zahnstocher darin. In der anderen schimmerte eine kleine Tüte aus Plastik auf.

Ich begriff nicht, wie mir geschah.

Li Tai Ho packte meine linke Hand, dann machte er sich an die Arbeit, und ich errötete vor Zorn. Er reinigte mir die Fingernägel, als wäre ich . . .

Das wenige, das er fand, strich er in die Plastiktüte ab, die er dann sorgfältig verschloß.

„Hör zu", sagte er dann, und seine Stimme hatte jenen unerklärlichen Klang, den keiner beschreiben kann und den doch jeder erkennt, wenn er ihn hört. Es ist jener schreckliche Klang der Wahrheit, die einem die Nackenhaare in die Höhe treibt und gegen die kein Widerspruch möglich ist.

„Hör zu", sagte der alte schwarze Chinese, der seit wahrscheinlich zweihundert Jahren in einem krausen Durcheinander lebte und meditierte und der Weisheit der Natur mit seinen Mitteln nachforschte.

„Hör zu", sagte er zum dritten Mal, und es klang wie eine mystische Beschwörung.

„ICH lebt", sagte Li Tai Ho. „ICH ist gewaltig und mächtig, und Ich ist Du, daran mußt du denken, wenn du gegen Ich antrittst. Wahrscheinlich wirst du sterben müssen, um über ICH triumphieren zu können. ICH lebt, und ICH ist sehr gefährlich, und ICH ist Du. Vergiß das nie. Und nun geh und kämpfe, so du es vermagst. Und wenn du die Farbe des Windes kennst, wirst du wissen, wie man ICH besiegen kann . . ."

Li Tai Ho lächelte sanft, dann schloß er die Augen und nahm eine Meditationshaltung ein. Ich sah ihn entgeistert an, dann griff ich nach der Schale mit dem kalten Tee, weniger aus Durst als vielmehr um meine Verwirrung zu vertuschen.

Und die Schale mit dem Tee war heiß, und auf Li Tai Hos Gesicht tauchte ein entrücktes Lächeln auf . . .

Er schien etwas zu wissen, aber er sagte es mir nicht. Er ließ mich mit der Angst allein.

Und mit ICH . . .

„Atlan, alter Freund, ich muß mich wirklich wundern“, sagte Perry Rhodan. „Da bieten wir alle Künste und Kenntnisse der modernen Heilkunst auf, um dir zu helfen, und du gehst zu einem alten chinesischen Kräuterdoktor.“

Ich zuckte mit den Schultern.

„Na und?“

Wir waren zu viert – Perry, Gucky, Bully und ich. Die Zahl der Personen, die meinen Zustand kannten – der genaugenommen ein unheimlicher Prozeß der Wandlung war –, sollte möglichst klein gehalten werden. Wenn sich herumsprach, daß einer der führenden Männer in Rhodans Nähe nicht mehr zurechnungsfähig war . . .

„Worauf warten wir eigentlich?“ fragte ich in die Stille hinein.

„Auf das Untersuchungsergebnis“, antwortete Perry. „Die Analyse der Materialprobe . . .“

Ich begann schallend zu lachen.

„Ihr habt das Zeug untersuchen lassen?“ fragte ich. „Das sprichwörtliche *Schwarze unter dem Fingernagel?* Welche Ehre . . . Aber außer abgestorbenen Hautzellen von mir und ein wenig Fett und Dreck werden deine Spezialisten . . .“

Ich wurde vom Türsummer unterbrochen. Rhodan öffnete, und auf der Schwelle tauchte eine Frau auf.

Sie war einen Kopf kleiner als ich; sie hatte dunkle Haare und Augen und jene Ausstrahlung sanften sinnlichen Feuers, die schon manchen Mann vor mir um den Verstand gebracht hatte. Sie trug die Haare schulterlang, lächelte freundlich, und irgendwie brachte sie es fertig auszusehen, als sei sie gerade erst aus dem Bett gekrabbelt.

„Agape“, sagte Rhodan erfreut und gab der Frau die Hand. „Komm herein und sag uns, was deine Analysen erbracht haben . . .“

Agape strich sich die Haare aus der Stirn; bei jeder zweiten Bewegung fielen sie nach vorn.

„Es ist sehr interessantes Material“, sagte Agape mit einer aufregend dunklen Stimme. Sie lächelte verhalten. „Aus gewissen Anzeichen habe ich abgeleitet, daß das Material von einem Aktivatorträger stammen muß . . .“

„Warum? Ist das Zeug schon versteinert gewesen, weil der Kerl sich so lange schon nicht mehr . . .“

„Bully!“ wies Rhodan seinen Freund zurecht. „Agape, du hast mir mitgeteilt, daß du wichtige Ergebnisse hast. Wie sehen die aus?“

Die junge Frau bekam einen sehr ernsten Gesichtsausdruck.

„Wichtig . . . Ich weiß nicht, ob sie wichtig sind“, sagte sie schließlich. „Sie sind auf jeden Fall bemerkenswert. Kurzgefaßt habe ich in dem Material Körperzellen eines Mannes gefunden, lebende Zellen. Da es nur einen unsterblichen Arkoniden gibt, muß das Material von Atlan stammen . . .“

„Treffer“, gab ich zu. Im Augenblick war ich am Ergebnis ihrer Untersuchungen mehr interessiert als an ihr selbst. „Und . . .?“

„Außerdem habe ich Zellen gefunden, tote Zellen, die einwandfrei von einem Pilz stammen, einem Schleimpilz, um genau zu sein. Ist jemand am wissenschaftlichen Namen dieses Pilzes interessiert?“

„Ich nicht“, antwortete ich schnell. „Was ist daran bemerkenswert? Pilze dieser Art – Mikropilze, nicht Pfifferlinge oder Reizker – schwirren überall herum.“

Agape lächelte sanft.

„Richtig“, sagte sie. „Aber – ich kenne mich da nur sehr wenig aus, weil wir nie genug Material und Zeit für Tests hatten – eigentlich dürfte ein Aktivatorträger kaum solche Pilze am Körper haben. Nach allem, was ich weiß, sind Aktivatorträger immun gegen jede Art von Vergiftung oder Krankheit . . .“

Ich lächelte. Mit diesem Problem hatten sich auch schon andere Wissenschaftler herumgeschlagen.

„Das stimmt nur zum Teil", sagte ich. „Beispielsweise braucht ein Aktivatorträger auch all die Bakterien in seinem Körper, die üblicherweise zur Darmflora gerechnet werden – und darunter sind, in gewissem Umfang, sogar gefährliche Bakterien, regelrechte Krankheitserreger, aber in geringer Zahl. Sie werden aber in der Darmflora gebraucht, und irgendwie schafft es der Aktivator, diese Eindringlinge tätig werden zu lassen – im Interesse des Gesamtorganismus."

Die Ärztin – oder war sie Mykologin? – nickte langsam. Sie sah mich forschend an.

„Ist es möglich, daß dabei Mischformen auftreten?" fragte sie. „Daß der Körper sozusagen eigene Zellen zur Verfügung stellt, die dann die Aufgaben der Darmflora-Bakterien übernehmen?"

Ich runzelte die Stirn.

„Nicht daß ich wüßte", sagte ich mißtrauisch, und in mir keimte die Furcht. „Wie kommst du zu der Frage?"

Die junge Frau strich sich wieder die Haare aus der Stirn, es sah sanft und sehr anmutig aus.

„Weil ich in der Probe sehr verschiedene Zellen gefunden habe, lebende und abgestorbene. Angefangen bei klar erkennbaren Körperzellen bis hin zu den einzelligen Pilzen. Was mich nur verwundert hat, und ich habe es mit der besonderen Physiologie eines Aktivatorträgers erklärt, ist die Tatsache, daß alle diese Zellen untereinander verwandt sind?"

Rhodan und ich wechselten einen raschen Blick.

„Verwandt?"

Die junge Frau nickte.

„Eine Genanalyse hat das ergeben. Ihr kennt doch alle diese alten Rätsel. Man schreibt ein Wort hin, setzt darunter ein anderes, das sich von dem ersten nur durch die Veränderung eines einzelnen Buchstabens unterscheidet, darunter wieder eines und so fort, bis man bei einem ganz anderen Wort ankommt . . ."

„Und die Zellen in der Materialprobe . . ."

In Rhodans Stimme klang Besorgnis auf. Ich kannte ihn lange genug, um das hören zu können.

„Bilden eine ähnliche Kette", antwortete Agape ruhig. „Es gibt zwar die eine oder andere kleine Lücke, aber das ändert nichts an den Tatsachen – von dem exotischen Pilz, der zweifelsfrei nicht von der Erde stammt, bis hin zu Atlans Hautzellen, wie man sie in solchem Material immer findet, gibt es eine genetische Verwandtschaft. Man könnte fast sagen, daß Atlan diese Pilze gleichsam entwickelt hat."

Ich war halb aufgestanden, hielt mich am Tisch fest.

Ich brauchte keinen Spiegel. Ich wußte, daß ich blaß geworden war.

Agape hatte nur die halbe Wahrheit gesagt.

Es gab diese Verwandtschaft, aber sie lief in anderer Richtung. Die Spur führte nicht von mir zu den Zellen, sondern sie führte von diesen Zellen zu mir.

Was hatte der alte Afro-Chinese gesagt:

„ICH lebt. Und ICH ist Du . . ."

Sechs Stunden später.

In einem der zahlreichen Labors, die zur wissenschaftlichen Abteilung von Imperium Alpha gehörten, saßen wir beieinander, noch immer in der gleichen Besetzung – Rhodan, Gucky, Bully und ich. Und Agape Blaschke, die Mykologin. Pilze waren tatsächlich ihre Spezialität.

Der Raum war dunkel. Auf einigen Bildschirmen waren Vergrößerungen zu sehen. Eingeblendete Skalen gaben Hinweise auf die Größenmaßstäbe. Die Positronik lieferte auf Kommando gestochen scharfe Grafiken, die Prozesse deutlich machten.

Was sich da auf dem größten dieser Bildschirme bewegte, war Blut. Ein paar Zellen meines Blutes. Sie sahen normal aus – komische Gebilde, die in einer trüben Suppe herumschwammen und zappelten. In noch schärferen Vergrößerungen wirkten sie bedrohlich, vor allem wegen der gestochen scharfen Umrisse. Und weil sie sich nicht mehr bewegten.

Auf einem anderen Schirm war das Verwandlungsrätsel aufgetragen worden. Mit einem Lichtzeiger deutete Agape Blaschke auf die Zeichnungen.

Es waren mikrobiologische Strukturen, Teile meines Erbmaterials, meiner DNA.

„Ich bin rein statistisch vorgegangen“, sagte Agape. Alles, was sie sagte, sprach sie mit einer sehr wohlklingenden Stimme aus, aber das nahm diesen Tatsachen nichts von ihrer grausigen Realität.

„Es gibt auf dieser DNA insgesamt sieben verschiedene Abschnitte, in denen sich die Entwicklungsketten nachweisen lassen. Dies ist eines dieser Teilstücke. Die obere Reihe ist der Originaltext, ihn haben wir in mehr als fünfzig Prozent der Fälle gefunden – und aus diesem Grund glauben wir auch, daß es sich dabei um das Original-Erbmaterial handelt. Einen anderen Beweis habe ich nicht. Darunter sind die Übergänge zu sehen, die Buchstabenvertauschungen. Die Reihe ist ziemlich wirr. Und am unteren Ende der Skala ist ein Text zu finden, den wir in sechs Prozent aller untersuchten Stränge gefunden haben und der identisch ist mit einem DNA-Teilstück des Mimikry-Pilzes.“

Das Kind hatte also auch schon einen Namen. Aber das war nicht das Schreckliche daran. Mimikry-Pilz oder Schleimpilz oder wie auch immer – der Name zählte für mich nicht.

ICH lebt ...

Der Satz ging mir nicht aus dem Kopf.

„Das bedeutet ...?“

Bullys Stimme vibrierte leicht. Der Raum war angenehm kühl, aber ich schwitzte. Und ich wußte, daß es den anderen ebenso erging. Und daß sie Angst hatten.

„Es bedeutet, daß dieser Pilz dabei ist, zwischen sich und dem Wirtskörper, also dem Patienten, eine genetische Verbindung aufzubauen, die von der Abwehr des Wirtskörpers nicht bekämpft werden kann, ja nicht einmal mit Hilfe des Zellaktivators. Der Patient und der Pilz . . .“

Agape unterbrach sich. Für diese Ungeheuerlichkeit brauchte die kühle Wissenschaftlerin mit der aufregenden Stimme mehr Kraft als normal.

„. . . sie verschmelzen miteinander, bis sie nicht mehr zu unterscheiden sind“, fuhr sie dann fort. Meine Augen hatten sich an das Dunkel im Raum gewöhnt. Ich konnte sie von der Seite her sehen, das Weiß ihrer Augen. Sie schimmerten feucht. „Und zwar dergestalt, daß in jeder DNA des Wirtes die wesentlichen Teile der Fremd-DNA eingearbeitet sind. Diese Vorgehensweise entspricht der Art, in der Viren ihre Opfer befallen . . .“

„Aber gegen jedes nur denkbare Virus ist unser Freund Atlan immun“, sagte Rhodan. Wenigstens er dachte noch an mich als Lebewesen und Mensch, und nicht als Experimentierfeld, Patient oder lebende Pilzbrutanstalt.

„Jedes andere Virus könnte auch von der Körperabwehr bekämpft werden, vor allem mit einem Aktivator“, gab Agape zu. „Dieses nicht – außerdem ist es biochemisch völlig inaktiv. Es ist, als ob jemand Falschgeld druckt, ohne es in Umlauf zu bringen.“

Falschgeld, das war das Stichwort. Ich spürte, wie mein Herz zu rasen begann. In meine Schläfen dröhnte und hämmerte es. Aus den Tiefen meines Gedächtnisses stieg eine Erinnerung auf . . .

Eine schreckliche, wirre und unerklärliche Erinnerung . . .

4.

„Fühlt Ihr Euch wohl, Erhabener?“

Die Stimme klang sanft und freundlich, sogar respektvoll. Aber ich erkannte sie nicht.

Die Schmerzen, die kannte ich. Jedesmal, wenn Rico mich in meiner Tiefseekuppel aus dem Tiefschlaf geholt hatte, war dieses kleine Martyrium fällig gewesen. Und das alles nur, um diesen dickfälligen, sturen und eigenwilligen Barbaren von Larsaf III den Weg zu den Sternen zu weisen.

Die Schmerzen ließen langsam nach.

„Welche Zeit?“ fragte ich.

„Sechzehnter September“, kam die freundliche Antwort.

„Und das Jahr?“

Der Sprecher – Korrektur, es mußte eine Frau sein, die mit mir redete – stutzte einen Augenblick.

„Einhundertzweiundsiebzig“, antwortete sie dann. „Sind Eure Verletzungen so schlimm gewesen, Erhabener?“

172 – aber nach welcher Zeitrechnung? Nach Christi Geburt, ab Gründung der Stadt Rom oder nach der Hedschra, Mohammeds Flucht von Mekka nach Medina? Ich erfaßte nicht ganz, was mit mir geschehen war.

Mein Körper schmerzte, als hätte ich vor kurzem erst eine furchtbare Prügelei hinter mich gebracht. In meinem Hinterkopf hämmerte und dröhnte es.

Langsam richtete ich mich auf.

Mein erster Eindruck war – hier stimmte etwas nicht.

Die junge Frau war in Ordnung, sie sah intelligent, hübsch und jung aus. Aber daß sie mich mit „Erhabener“ anredete, paßte nicht. Hätte sie weißes Haar gehabt und die Abzeichen der Flotte des alten arkonidischen Imperiums, wäre ich nicht verwundert gewesen. Damals war diese Anrede üblich gewesen, jedenfalls für einen Kristallprinzen oder den amtierenden Imperator.

Aber die junge Frau trug auf ihrer Kombination das Abzeichen der USO.

Erstens gab es die USO im Jahre 172 vor oder nach irgend etwas noch nicht oder nicht mehr. Zum zweiten – wenn schon – hätte die Anrede Lordadmiral lauten müssen. Und drittens war mir eingefallen, daß wir nicht den sechzehnten September schrieben, sondern März 3821.

Vorsicht, warnte der Logiksektor. *Keine unbedachten Äußerungen. Du mußt zuerst Informationen sammeln.*

Ich rieb mir den Hinterkopf. Die schmerzverzogene Miene brauchte ich nicht zu schauspielern, der Schädel tat mir tatsächlich entsetzlich weh.

„Was ist eigentlich passiert?“ fragte ich und setzte ein wehleidiges Gesicht auf. „Und wo bin ich hier?“

„An Bord des Superschlachtschiffs AGRIPPA, Erhabener. Und daß Ihr Euch nicht erinnert, ist völlig normal. Wir haben Euren erhabenen Leib ...“ – ich mußte an mich halten, um nicht mit dem Lachen herauszuplatzen – „... in einer Rettungssonde schwerverletzt bergen können. Die Identifizierung ist positiv, Ihr seid einer der Erhabenen.“

Einer der ...?

Wie viele Erhabene gab es denn außer mir?

Die junge Frau setzte ein Lächeln der Verwirrung auf.

„Verzeiht“, sagte sie. Ganz offenkundig hatte sie auch ein wenig Angst vor mir. Sie sah mich an, als wisse sie nicht ganz genau, ob ich sie fressen würde oder nicht.

„Gewährt“, antwortete ich. „Aber für was?“

„Wir wissen leider nicht, welcher der Erhabenen Ihr seid“, fuhr die Frau fort. „Wir haben daher Euren erhabenen Leib nur notdürftig äußerlich versorgt und den Rest der Wirkung des Zellaktivators überlassen.“

„Wer ich bin? Atlan natürlich!“

Diese Bemerkung gab dem Extrasinn Gelegenheit, zu seiner Lieblingsinjurie zu greifen.

Narr!

Die junge Frau nickte eifrig.

„Natürlich seid Ihr Atlan, Verzeihung, der Erhabene Atlan. Aber wir wissen nicht, welcher?"

Die nächste dumme Frage konnte ich gerade noch unterdrücken. Diesen Fehler hätte die Frau sofort bemerkt, und das Extrahirn hätte eine Schimpfkanonade vom Stapel gelassen.

Welcher? Welcher von wievielen? Gab es mich mehrfach?

„Und wo ist dabei das Problem?"

Die Frau breitete die Hände entschuldigend aus.

„Hätten wir gewußt, daß Ihr ein robotischer Erhabener seid, hätten wir einen Positroniker zu Rate gezogen oder einen Biomechaniker bei einem androiden Erhabenen. Bei einem Klon . . . Ihr versteht?"

Ich setzte ein begütigendes Lächeln auf.

„Schon gut", sagte ich freundlich, obwohl mein Schädel noch höllisch schmerzte. „Ich bin der echte Atlan."

Die junge Frau brach in ein schallendes Gelächter aus.

„Eure Erhabenheit haben einen köstlichen Humor", kicherte sie. „Der echte Atlan. Der echte . . . als wären nicht alle Erhabenen echt."

Bevor ich mich durch weitere Bemerkungen endgültig um Kopf und Kragen schwätzen konnte, beschloß ich, das Thema zu wechseln.

„Welche Schäden sind an mir festgestellt worden?"

Sofort kehrte die Frau in einen sachlichen Tonfall zurück.

„Prellungen am ganzen Körper, vor allem am Schädel. Keine inneren Verletzungen am Rumpf. Den Schädel haben wir natürlich nicht durchleuchtet."

„Natürlich", antwortete ich. „Und weiter?"

„Sonst nichts", antwortete die Frau.

Ich nickte zufrieden.

„Wie heißt du?“ fragte ich.

„Ganeida“, antwortete sie zurückhaltend.

Ich dehnte und reckte mich. Der erhabene Leib tat zwar noch etwas weh, funktionierte aber sonst einwandfrei.

„Ich brauche frische Kleidung“, ordnete ich an. „Etwas zu essen, Getränke und die neuesten Informationen. Außerdem können Sie“ – das blitzschnelle Zucken bewies, daß diese Anrede die offiziell richtige war – „den Medizinern sagen, daß sie etwas übersehen haben.“

Sie öffnete weit die Augen.

„Und was?“

„Eine partielle Amnesie“, antwortete ich. „Das kann ab und zu auftreten, wenn man einen Schlag auf den Kopf bekommt.“

„Gedächtnisschwund?“ fragte sie entgeistert. „Ihr?“

„Ich“, bestätigte ich ruhig. Dies alles erschien mir wie ein sehr realistischer Traum. Aber: wenn ich mich nicht sehr irrte, hatte ich in diesem Traum etwas zu sagen – und sie hatte zu gehorchen. Das kam mir im Augenblick sehr gelegen; ansonsten war ich nicht so sehr für patriarchalische Verhältnisse. „Ich wäre Ihnen verbunden, würden Sie dafür Sorge tragen, daß diese Information nicht zu sehr verbreitet wird.“

„Selbstverständlich“, sagte sie sofort, zögerte dann. „Aber . . .“

Ich machte eine energische Handbewegung, und sie huschte aus dem Zimmer.

Ich holte erst einmal tief Luft.

Natürlich funktionierte mein Gedächtnis einwandfrei. Vor ein paar Minuten hatte ich in der Zentrale der RAperfekt gestanden und war dann von einem seltsamen transparenten Wirbel erfaßt und bewußtlos gemacht worden. Ich spürte ein paar Augenblicke in meinem Hinterkopf nach. Der Schmerz erinnerte mich fatal an die Qualen, die ich aufgrund meines empfindlichen Arkoniden-Gehirns bei Transitionen in veralteten Raumern oder bei besonders weiten Transmittertransporten auszustehen hatte. Vielleicht hatte auch gerade ich darunter zu leiden, weil mein Gehirn nach der Aktivierung des Extrasinns besonders empfindlich geworden war. Dem Schmerz nach zu urteilen, konnte ich tatsächlich die Strecke zwischen Alkordoom und der Milchstraße zurückgelegt haben.

Ein paar Augenblicke später öffnete sich geräuschlos eine Tür, und der Blick wurde frei auf einen Wohnraum. Ein Servoautomat ließ Speisen und Getränke auftauchen.

Ich ging hinüber, die Tür schloß sich wieder. In einem der Schränke fand ich eine Montur, die ich überzog – nachtschwarz, eng anliegend und ohne die geringsten Rangabzeichen. Auffällig war lediglich der breite und reichlich dicke Gürtel. Er sah auf den ersten Blick kostbar aus, auf den zweiten Blick erwies er sich als mit technischen Finessen gespickt, die ich einstweilen nicht näher untersuchte. Es gab Wichtigeres zu tun. Ich mußte mich zunächst einmal vergewissern, wo ich überhaupt gelandet war.

An eine Falle oder eine Inszenierung der Schwarzen Sternenbrüder glaubte ich nicht einen Augenblick lang – dafür hatte diese Inszenierung zu viele offenkundige Fehler. Allein die Anrede: Man war wieder zum reservierten *Sie* zurückgekehrt, und ich wurde gar mit *Euer* und *Ihr* angeredet.

Der Türsummer ertönte. Ich ging hinüber und öffnete. Ganeida stand auf der Schwelle und hielt ein Folienbündel in der Hand.

„Die letzten Informationen“, sagte sie. „Natürlich kodiert und nur für Euch lesbar.“

„Ist etwas unaufschiebbar Wichtiges dabei?“ fragte ich, meiner Rolle entsprechend.

„Ich weiß es nicht“, antwortete Ganeida verwirrt. „Es heißt aber, die Verhaftung von Perry Rhodan stünde kurz bevor.“

„Was?“

Ganeida strahlte.

„Eine gute Nachricht, nicht wahr?“ freute sie sich. „Endlich wird dieser Verräter unschädlich gemacht und seiner gerechten Strafe zugeführt.“

„Hoffentlich“, stieß ich hervor und nahm ihr die Folien aus der Hand. „Kann ich von hier aus an Datensammlungen heran?“

„Natürlich“, antwortete Ganeida. „An alles, selbstverständlich auch an NATHAN.“

Ich stieß innerlich einen Seufzer der Erleichterung aus. Wenn ich mit NATHAN ungestört reden könnte, würden sich die ganzen Mißverständnisse wohl bald aufklären.

„Ich bedanke mich“, sagte ich und schloß die Tür wieder. Jetzt wollte ich zunächst einmal allein sein.

Ich brannte darauf zu erfahren, was in meiner Abwesenheit in der Milchstraße passiert war. Es schien eine Menge zu sein . . .

Es konnte keinen Zweifel geben – gemeint war ich, niemand anderer. Es gab in meiner Unterkunft einen Interkom-Anschluß, der sich nur dann in Gang setzen ließ, wenn vorher die Individualschwingungen des Benutzers überprüft worden waren. Als ich meine Hand auf die gekennzeichnete Fläche legte, sprang das Gerät sofort an.

Was auch immer das Geheimnis dieser sogenannten Erhabenen war – ich gehörte dazu, ob ich wollte oder nicht. Ich war daher sehr gespannt, was ich mit all diesen Dingen überhaupt zu tun hatte.

Die Antworten verschlugen mir die Sprache . . .

Das Unheil nahm seinen Anfang im Frühjahr des Jahres 622 NGZ . . .

(Es hätte mich natürlich auch gereizt, zu erfahren, was sich bis dahin zugetragen hatte, aber für die derzeitigen Zustände waren diese Geschehnisse nicht allzu bedeutungsvoll. Daher forschte ich nur nach, welche Ereignisse dazu beigetragen hatten, meine augenblickliche Gegenwart entscheidend zu beeinflussen.)

Im März dieses Jahres machen Raumschiffskapitäne eine überaus befremdliche Entdeckung. Der Energieaufwand, der nötig ist, um eine bestimmte Entfernung im überlichtschnellen Flug zu überwinden, ist gewachsen, und zwar beträchtlich.

Und er wächst weiter – von Tag zu Tag.

In Raumfahrerkreisen breitete sich Panik aus. Kleinere Reedereien müssen Konkurs anmelden, die Frachtkosten schnellen in die Höhe, hauptsächlich bedingt durch den wachsenden Aufwand an Energie, der für die Flüge nötig wird.

Perry Rhodan setzt sofort seine besten Forscher an die Aufgabe, zum einen eine Erklärung, zum anderen eine Abhilfe für das Problem zu finden. Das Team der Wissenschaftler macht sich sofort an die Arbeit.

Während die Experten noch forschen, verschärft sich die Krise zusehends. Auch größere Unternehmungen bekommen Schwierigkeiten. Terra, auf Importe von anderen Planeten angewiesen, muß für Nahrungsmittel und andere Einfuhren immer höhere Preise zahlen. Der galaktische Markt, weitgehend dem Gesetz von Angebot und Nachfrage überlassen, entwickelt sich zum Anbietermarkt – Ware gibt es genug, aber der Transport zu den Verbrauchern verschlingt immer größere Summen. Die wirtschaftliche Krise breitet sich mehr und mehr aus. Immer mehr planetare Regierungen stellen Notstandsprogramme auf die Beine, um die heimische Wirtschaft auf Selbstversorgung umzustellen.

August 622 NGZ – Zirkon, die sogenannte Paradieswelt, meldet Staatsbankrott an. Der Planet, ein Hauptziel des innergalaktischen Tourismus, wird nur noch von höchstens zehn Prozent der üblichen Touristenscharen aufgesucht. Der Flug nach Zirkon kostet von Terra aus mehr als das Siebenfache des früheren Preises – und die Tarife steigen weiter.

September 622 – in der Galaxis macht sich Panik breit. Vielen Galaktikern wird klar: der nächste Raumflug wird der letzte sein, den man sich leisten kann. Eine regelrechte Völkerwanderung kommt in Gang. Millionen von Galaktikern verlassen fluchtartig die hochindustrialisierten Welten und suchen Zuflucht auf Planeten, auf denen die Versorgung mit Grundnahrungsmitteln gesichert zu sein scheint.

Die sogenannte Hyperkrise breitet sich aus. Die gesamte Energieerzeugung der Galaxis verringert sich, soweit dafür fünf- und sechsdimensionale Technologie angewandt wird. Die Leistung der entsprechenden Reaktoren und Kraftwerke sinkt rapide. Auch läßt die Reichweite der Hyperfunksender nach.

November 622 – das Forscherteam um Waringer kann dem Krisenstab ein erstes Erklärungsmodell der heraufdämmernden galaktischen Katastrophe anbieten.

Nach diesem Erklärungsmodell ist der vierdimensionale Einsteinraum eingebettet in höherdimensionale Kontinua, beispielsweise den Dakkarraum. In diesen aufeinander verschachtelten Kontinua treibt der Einsteinraum gleich einer Luftblase im Wasser. Jedes bekannte Verfahren zum überlichtschnellen Flug basiert darauf, daß das Raumfahrzeug den Normalraum verläßt und – je nach Leistungsfähigkeit der Antriebsanlagen – in einen höher dimensionierten Raum eindringt, ihn als Transportmedium nutzt und wieder zurückfällt in das

Einstiegskontinuum. Daß dazu immer gewaltigere Energiemengen gebraucht werden, liegt nach Ansicht der Wissenschaftler daran, daß der Einsteinraum gleichsam eine Wandung der höher dimensionierten Kontinua erreicht hat – die als Beispiel erwähnte Luftblase im Wasser stößt an den Rand der Badewanne oder berührt die Oberfläche des Wassers. Es ist abzusehen, daß überlichtschneller Flug, Hyperfunk und alle Technologien, die auf diese übergeordneten Räume zurückgreifen, binnen kurzem völlig unmöglich werden.

An positiven Aussichten hat das Wissenschaftlerteam nur zu melden, daß a) dieser „Mauereffekt" nur auf einen vergleichsweisen geringen Teil des Universums zutrifft und b) dieser Zustand zeitlich begrenzt sein wird.

Die Größenordnung allerdings, in der sich die Katastrophe abspielen wird, ist beängstigend. Waringer und sein Team rechnen damit, daß im Umkreis von fast fünfzig Millionen Lichtjahren um die Milchstraße herum kein Hyperraumflug mehr möglich sein wird. Die Dauer des Phänomens wird auf mehr als zweitausend Jahre geschätzt – danach erst werden die früher bekannten Umstände erneut zutreffen.

In der Milchstraße kommt es zu alptraumhaften Zuständen. Die Prognosen des Waringer-Teams sind durchgesickert und haben eine kollektive Panik ausgelöst. Es kommt zu kriegerischen Auseinandersetzungen zwischen Systemen, die an nahe der Heimat gelegenen Kolonialwelten interessiert sind, um möglichst große Teile ihrer Bevölkerung dorthin zu evakuieren. Zahllose größere und kleinere Schiffe geraten in Raumnot und können nicht mehr geborgen werden, andere Einheiten verschwinden im Hyperraum.

Eine Massenflucht von Terra setzt ein. Der Ausfall moderner Transportmittel und Kommunikationstechnologie, der Zusammenbruch der Steuerung des Wetters und anderer Ereignisse dieser Art machen den Terranern klar, daß sie auf dem hochtechnisierten Planeten in einer Falle leben. Berechnungen ergeben, daß bei Nutzung aller konventionellen Möglichkeiten auf der Erde knapp fünfhundert Millionen Menschen den bekannten Lebensstandard werden halten können. Aber auf der Erde leben mehr als sieben Milliarden Menschen, die nun ihr Heil in der Flucht suchen.

Dezember 622 – das Sonderkommando „LAST HOPE" wird zusammengestellt. Es soll EDEN II anfliegen und ES um Hilfe bitten. Die Expedition, an der einige von Rhodans engsten Mitarbeitern teilnehmen, startet und muß als verschollen abgeschrieben werden.

Dakkarkom-Verbindungen mit anderen Galaxien machen klar, daß die Zustände in Andromeda, M 87 und anderen bekannten Galaxien ähnlich sind. Wenig später reißen die Verbindungen ab.

Januar 623 – das Waringer-Team kann mit sensationellen neuen Enthüllungen aufwarten: es gibt Anzeichen dafür, daß der „Mauer-Effekt" künstlich ausgelöst worden ist und ganz gezielt jenen kosmischen Bereich betrifft, in dem die Terraner und ihre Freunde leben.

Februar 623 – ein Volksaufstand stürzt die Administration von Terra. Anschläge auf die Führungsspitze mißlingen, aber Perry Rhodan und seine Mitarbeiter müssen fliehen. Bei den Galaktikern hat sich das Gerücht durchgesetzt, die „Mauer" sei die Rache einer Superintelligenz oder mehrerer an Perry Rhodan.

Im gleichen Monat wird die USO neu begründet, zum Oberkommandierenden wird Atlan bestellt. Die Aufgabe der neuen USO: hochqualifizierte Spezialisten sammeln, um wenigstens an einem Ort der Milchstraße Hochtechnologieforschung zur Behebung der Katastrophe möglich zu machen. Weitere Aufgaben: Konservierung des Wissens der Galaktiker, Vorbereitung einer Renaissance der Galaxis, sobald der „Mauer-Effekt" abgeklungen ist.

Mai 623 – es sickert durch, daß Perry Rhodan sich mit seinen Freunden auf einen Geheimplaneten zurückgezogen hat. Dort soll – Gerüchten zufolge – fieberhaft daran gearbeitet werden, die verpönte Technologie des Nullzeit-Transformators weiterzuentwickeln. Durch eine „Zeit-Pipeline“ sollen zumindest begrenzte Mengen nutzbarer Hyperenergie in das Schwarze Zeitalter hinübergeleitet werden. Gleichzeitig versucht Rhodan herauszufinden, welche kosmischen Mächte die Galaxien bedrohen, warum sie das tun und was dagegen unternommen werden kann.

Die USO entdeckt den Planeten *Aurora* und macht ihn zu ihrem Zentrum. Der weitaus größte Teil der USO allerdings ist in Generationsraumschiffen untergebracht und versucht von dort aus, den völligen Zusammenbruch der galaktischen Kultur zu verhindern. Eine Kommunikation zwischen den einzelnen USO-Flotten ist nur über Telepathen und Teleporter machbar. Dank dieser Mutanten scheint es möglich, das technologische Niveau des 7. Jahrhunderts in die Zukunft zu retten.

Mai 625 – Perry Rhodan startet die Operation „Sonnenbrücke“. Mit einem neukonstruierten Fernraumschiff verläßt er die Milchstraße, um nach Hilfsmöglichkeiten zu suchen. Der Name der Expedition leitet sich aus dem Umstand ab, daß zur Überwindung von jeweils knapp 1000 Lichtjahren der Energievorrat einer ganzen Sonne angezapft und aufgezehrt werden muß. Die Spur der Expedition läßt sich so bis zum Rand der Milchstraße verfolgen – wie Perry Rhodan den intergalaktischen Leerraum überbrücken will, bleibt unbekannt.

Juni 625 – der letzte Raumflug der Menschheit befördert Atlan zum Geheimplaneten *Aurora.* Danach bricht die Zeitrechnung außerhalb der USO zusammen.

Ich mußte mich in den Arm kneifen, um sicherzugehen, daß ich nicht träumte.

Eines war klar – ich befand mich in der Zukunft, wenigstens von dem Standort aus, den ich vor einigen Stunden noch eingenommen hatte. War es möglich, daß der Jetstrahl von Alkordoom mich gepackt und hierher geschleudert hatte? Nach dem, was Goman-Largo und Neithadl-Off über die Denaturierung des Jets gesagt hatten, war das nicht völlig auszuschließen.

Oder hatten die Kosmokraten, die ja schon mehrfach und ziemlich rabiat in mein Leben eingegriffen hatten, dafür gesorgt, daß ich in dieser Zeit auftauchte?

Ich lehnte mich in den Sessel zurück und nahm einen kräftigen Schluck von dem Erfrischungsgetränk, das der Servoautomat geliefert hatte.

Unter diesen Umständen fiel es mir schwer, die Ruhe zu bewahren. Wenn das, was ich gerade aus den Datenspeichern von NATHAN abgerufen hatte – ein knapper Abriß der USO-Geschichte seit ihrer Neugründung –, tatsächlich die Wirklichkeit war, dann mußte sich Ungeheuerliches in der Galaxis ereignet haben.

Vielleicht gaben mir die weiteren Informationen mehr Aufschluß. Ich ließ den Bericht weiterlaufen . . .

5.

Über die Schwarzen Jahre wußte der Chronist der USO nicht sehr viel zu berichten. Die Milchstraße war um Jahrtausende in ihrer Entwicklung zurückgeworfen worden. Die meisten bewohnten Planeten hatten nicht einmal den Stand des ausgehenden zwanzigsten Jahrhunderts halten können, was ihr technologisches Knowhow betraf. Rings um die wenigen Welten, die das geschafft hatten, hatten sich kleine Sternenreiche gebildet – zusammengehalten von unterlichtschnellen Raumflotten.

Es gab eine Vielzahl von Berichten, die vom Eingreifen von USO-Teams handelten. Offenbar hatte sich die USO mit ihren beschränkten Mitteln und Möglichkeiten darum bemüht, die schlimmsten Entwicklungen zu stoppen oder wenigstens zu verlangsamen. Immerhin hatten diese Aktivitäten offenbar ausgereicht, in weiten Teilen der galaktischen Bevölkerung eine Art USO-Kult zu bilden.

Unwillkürlich fühlte ich mich an die Erde des zwanzigsten Jahrhunderts erinnert. Während des zweiten Weltkriegs hatten die vorrückenden Amerikaner im Pafizik eine Unzahl von Inseln aufgesucht, auf denen nie zuvor ein weißer Mann gesichtet worden war – zum wenigsten keiner, der in stählernen Schiffen oder gar Flugzeugen angereist kam und unter den Eingeborenen unvorstellbare Kostbarkeiten verteilt hatte – Dosenmilch, Schokolade und andere Köstlichkeiten.

Nach dem Ende des Pazifikkrieges hatten die USA naturgemäß ihr Interesse an den Eingeborenen verloren – die aber nicht an den Göttern, die aus dem Himmel gestiegen waren. Infolgedessen hatte sich auf etlichen Inseln sehr bald ein mythischer Kult verbreitet, in dem diese weißen Götter eine wichtige Rolle spielten. Und da das meistverwendete Wort auf den Gaben dieser Götter die eingebrannte Kistenaufschrift *Cargo* für Fracht gewesen war, war dieser Kult Cargo-Kult genannt worden.

Auf den planetaren Eilanden der Milchstraße hatte sich allem Anschein nach ein analoger Glaube ausgebreitet, der in der USO die Erfüllung aller Prophezeiungen sah – und im Chef der USO den obersten aller Götter.

Ich stieß einen tiefen Seufzer aus, als ich das las. Nicht daß ich etwas dagegen hatte, wenn mir Respekt entgegengebracht wurde, aber ich wußte aus leidvoller Erfahrung, daß personifizierte Götter in der Regel ein wenig beneidenswertes Leben führten.

„Atlan, *Deus et Dominus*", murmelte ich sarkastisch. Es war eine sehr seltsame Sache, in dieser Form über sich selbst zu lesen. Ein wenig konnte ich mich mit dem Atlan dieses historischen Geschehens identifizieren, aber ein gewisses Unbehagen blieb – die überaus eigentümliche Empfindung, daß der Atlan, von dem da geredet wurde, nicht ich war.

Insgesamt 256 Jahre lang hatte der „Mauer-Effekt" nahezu jeden Raumflug unmöglich gemacht. Findigen Technikern der USO auf dem Geheimplaneten *Aurora* war es zwar gelungen, überlichtschnelle Fahrzeuge zu konstruieren, zu bauen und auch fliegen zu lassen, aber der Energieverbrauch dieser Fahrzeuge war so gigantisch hoch, die Reisegeschwindigkeit so lächerlich gering, so daß nur in ganz besonderen Fällen davon Gebrauch gemacht worden war.

Immerhin – den Aktivitäten der USO war Erfolg beschieden gewesen, zwar war das technologische Niveau der Galaktiker abgesackt, aber das Wissen um andere Lösungsmöglichkeiten hatte sich erhalten. Und auch die Hoffnung, eines Tages wieder einen Neubeginn machen zu können. In gewisser Weise hatten die Galaktiker zweieinhalb Jahrhunderte lang unter ähnlichen Umständen gelebt wie ich auf Larsaf III: sie hatten zum Teil durchaus gewußt, was sie wollten, aber sie hatten nicht die Möglichkeiten gehabt, dieses Ziel zu erreichen.

Und dann hatte sich eines Tages die Kunde verbreitet, daß der „Mauer-Effekt" abklinge, entschieden früher und zügiger, als Waringer und seine Leute das berechnet hatten. Natürlich war diese erfreuliche Botschaft sofort dem Wirken des legendären Atlan zugeschrieben worden.

Wie sich zeigte, verschwand der Effekt von außen nach innen – er zog sich zuerst aus den Nachbargalaxien zurück und löste sich zuletzt erst in der Milchstraße auf.

Und dann war etwas sehr Seltsames passiert ...

Sobald derlei technisch möglich war, hatte Atlan die USO aus der Milchstraße heraus verlagert und sich daran gemacht, die bekannten Galaxien in der Nähe der Milchstraße zu befrieden ...

Der Ausdruck, den der Chronist verwendete, war noch ein wenig euphemistischer – er sagte *heilen* – aber der Sinn war mir wohlvertraut. Die USO war blitzschnell in das Machtvakuum hineingestoßen, das sie in diesen Galaxien gefunden hatte, und hatte sich diese galaktischen Systeme untertan gemacht. Mit verstärkter Macht war die USO dann in die Galaxis zurückgekehrt und hatte sich auch dort daran gemacht, die Völker einer ganzen Galaxis unter einer Oberherrschaft zu einigen.

Dem alten Atlan, dem ehemaligen Kristallprinzen von Arkon, wäre diese Vorgehensweise durchaus zuzutrauen gewesen. Aber der Atlan, der ich war, der viele Jahrhunderte lang mit Perry Rhodan zusammengearbeitet hatte und studieren konnte, wie Rhodan mit seiner Behutsamkeit beim Regieren weitaus größere Erfolge hatte – dieser Atlan hätte niemals so machtlüstern gehandelt.

Das Gefühl, es bei Atlan mit einem Fremden zu tun zu haben, wurde immer stärker. Am liebsten hätte ich mich mit mir in Verbindung gesetzt und die ganze Angelegenheit einmal durchdiskutiert. Aber was aus diesen Zeilen als mein Charakter durchschimmerte, ließ es ratsam erscheinen, erst einmal abzuwarten.

Die Machtergreifung der USO – anders konnte man den Vorgang schwerlich nennen – war nirgendwo auf Widerstand gestoßen. Jedenfalls hatte es im Anfang so ausgesehen. Überall waren Spezialisten und Techniker der neuen USO gelandet und hatten sich daran gemacht, die rückständigen Welten wieder in die Höhe zu führen.

Dabei war die USO durchaus geschickt und behutsam vorgegangen – nach zweieinhalb Jahrhunderten Ackerbau und Viehzucht ließ sich eine Bevölkerung nicht binnen weniger Jahrzehnte wieder vertraut machen mit Sextadimtechnik, Hyperfunk und allem anderen, was die USO anzubieten hatte.

Ungefähr siebzig Jahre lang lief diese Aktion der USO nahezu ungestört. Fabriken wurden gebaut, Raumhäfen eingeweiht und Tempel errichtet, in denen Atlan nach Belieben angebetet werden konnte. Dieser Glaube war vorhanden, aber nicht allzusehr verbreitet. Es war der Bevölkerung freigestellt, ob sie an solchen Zeremonien teilnehmen wollte oder nicht, und wenn ich den Text des Chronisten richtig interpretierte, dann wurde diesem Kult von Seiten der USO keinerlei Vorschub geleistet.

Dann aber, im Jahr 73 der neuen Zeitrechnung, die mit dem ersten Hyperraumflug innerhalb der Milchstraße begann, waren auf etlichen Planeten Leute aufgetaucht, die es vorher dort nicht gegeben hatte.

Es waren ganz normale Menschen gewesen, oder Blues, Epsaler oder Siganesen. Sie waren plötzlich da, benahmen sich völlig normal, sahen aus wie Planetenbewohner und verhielten sich in keiner Weise auffällig. Nur persönliche Dokumente hatten sie nicht, tauchten in keinem amtlichen Register auf und hatten sogar ihre Namen vergessen.

Zuerst waren es nur ein paar gewesen, und niemand hatte besonders darauf geachtet. Im Durcheinander des Wiederaufbaus konnten solche Pannen passieren.

Aber die Zahl dieser geheimnisvollen „Taucher“ vergrößerte sich, und ab und zu verschwand auch einer von ihnen auf ähnlich geheimnisvolle Weise – ohne die geringsten Spuren zu hinterlassen.

Fast einhundert Jahre lagen diese Vorfälle zurück – und bis auf den heutigen Tag hatte die allgegenwärtige und schier allmächtige USO keine Antwort auf die naheliegenden Fragen gefunden: wer waren diese seltsamen „Taucher" – (so wurden sie von der Normalbevölkerung genannt) –, wo kamen sie her, was waren ihre Absichten? Die Bewohner der Vereinigten Galaxien schienen sich an das „Taucher"-Phänomen gewöhnt zu haben; sobald einer auftauchte, wurde er amtlich erfaßt, mit einer bürokratischen Identität versehen und konnte danach ganz normal leben.

Meine Doppelgänger, meine Chronokopien oder wie immer man die anderen Atlane nennen wollte, schienen sich damit nicht zufriedengegeben zu haben.

Denn ungefähr aus der gleichen Zeit der Vereinigten Galaxien datierte eine Reihe von Verfassungsänderungen im politischen System der Galaxien. Und diese Änderungen hatten es in sich.

Zunächst einmal war das ganze Gebiet, das de facto von der USO beherrscht worden war, aufgeteilt worden in eine Fülle kleiner Reiche – Mini-Imperien, Sternenfürstentümer, Systemrepubliken, planetare Unionen und dergleichen mehr. Nominal waren diese Miniatur-Reiche voneinander unabhängig; in Wirklichkeit wurden sie vollständig von der Allgewalt der USO beherrscht. Die USO war in diesem Riesenimperium, das über ein Dutzend Galaxien reichte, die einzige Macht, die über bewaffnete Raumflotten verfügte. Mit diesem raffinierten Dreh hatte der USO-Atlan erreicht, daß es so schnell kein Gebilde geben konnte, das seiner Macht hätte gefährlich werden können.

Die Vollmachten, die sich die USO – und vor allem Atlan an deren Spitze – von den souveränen Einzelgebieten hatte erteilen lassen, liefen auf eine perfekte, technologische Diktatur hinaus – mit der einen Einschränkung, daß die USO von diesen Vollmachten bisher keinen Gebrauch gemacht hatte.

Ich nahm mir die Zeit, die einzelnen Gesetze, Verordnungen und Verträge einmal genauer zu betrachten. Sie waren raffiniert ausgearbeitet, wirkten jede für sich vergleichsweise harmlos – im Zusammenwirken allerdings ließen sie den Bewohnern der verschiedenen Galaxien praktisch keine Freiheiten mehr.

Es war eine Schubladen-Diktatur, die sich Atlan hatte zurechtschneidern lassen. Gegenwärtig lebten die Galaktiker in einer politischen Freiheit, wie man sie zuvor nur bei den Terranern gekannt hatte – aber es bedurfte nur einiger Stunden, um diese Freiheit nahezu gänzlich verschwinden zu lassen, wenn es dem Erhabenen Atlan so gefiel.

Wie ich den Unterlagen entnehmen konnte, gab es insgesamt sieben Atlane . . .

(Die sieben MdI, die sieben ehemaligen Mächtigen, das Hetos der Sieben – immer wieder stieß ich auf diese Zahl. Das ging doch nicht mit rechten Dingen zu . . .?)

Von diesen Atlanen waren stets drei in offizieller Mission unterwegs. Sie repräsentierten, hielten Staatsbesuche ab, weihten Gebäude und Raumhäfen ein und nahmen Huldigungen der Bevölkerungen entgegen, gleichgültig, ob es sich dabei um Menschen, Methanatmer oder arachnoide Intelligenzen handeln mochte.

Drei weitere Atlane besorgten innerhalb der USO das Geschäft des eigentlichen Regierens. Ihren Weisungen hatten die Angehörigen der USO unbedingt Folge zu leisten; sie besaßen unumschränkte Vollmachten.

Und ein Atlan blieb immer in Reserve – wo, das wußte niemand. Vermutlich hielt er sich auf *Aurora* versteckt, dem geheimen Zentralplaneten der neuen USO, dessen Standort als Staatsgeheimnis gehütet wurde.

Bekannt war des weiteren, daß es sich bei zweien dieser Atlane um bioplastverkleidete Roboter handelte, zwei weitere galten als Androiden, zwei als Klone – und einer als der Original-Atlan. Untereinander waren die sieben völlig gleichberechtigt und – das war für mich am erstaunlichsten – stets einer Meinung. Diese Übereinstimmung ging bis in die kleinsten Details, zu meiner und der Öffentlichkeit maßlosen Verblüffung.

Der Vorteil dieser Konstruktion lag auf der Hand – da immer mindestens einer der Machtträger gut versteckt war, hatten Attentäter oder Umstürzler von vorneherein keine Chance. Das Herrschaftssystem der USO schien absolut wasserdicht und unerschütterlich ...

Dein Herrschaftssystem, meinte lakonisch der Extrasinn.

Um mich ein wenig von dem Schock dieser Informationen zu erholen, wühlte ich in allgemeinen Nachrichten herum. Bei dieser Gelegenheit erfuhr ich, daß Anson Argyris das Zeitalter der Schwarzen Jahre zwar lebend, aber geistig völlig zerrüttet überstanden hatte. Die Informationen über andere Prominente aus dem Zeitalter der Kosmischen Hanse waren ähnlich kurios. So hatten Ronald Tekener und Jennifer Thyron geheiratet und wurden nun im Jahre 172 von einem Haufen direkter Nachkommen mit Unterhaltsforderungen belästigt. Roi Danton saß im Gefängnis. Gucky lebte zurückgezogen auf einer Welt, die den kennzeichnenden Namen *Mirror* trug, und auf der er für sich einen riesigen Palast mit mehreren tausend vollverspiegelten Räumen hatte errichten lassen ...

Wieder meldete sich der Türsummer. Ich öffnete und begegnete wieder Ganeida.

„Die letzten Funkbotschaften“, sagte sie scheu und drückte mir die Folien in die Hand. „Und der Kommandant läßt anfragen, ob das Schiff weiterfliegen kann ...“

„Ziel?“

Ich bemühte mich, möglichst knapp zu sprechen, offenbar mit Erfolg.

„*Dark Moon*“, erwiderte Ganeida. „Dort soll dieser Rhodan gesichtet worden sein.“

Ich setzte ein zufriedenes Gesicht auf und nickte.

„Der Pilot soll starten“, bestimmte ich. „Weitere Meldung, sobald wir das Ziel erreicht haben ...“

Die junge Frau zog sich eilig wieder zurück.

Rhodan, richtig ...

Irgendwann, kurz nach der Jahrhundertwende, war Perry Rhodan wieder aufgetaucht – und beinahe augenblicklich hatte es Krach zwischen uns beiden gegeben. Aus der Freundschaft, die immerhin ein paar Jahrhunderte überdauert hatte, war binnen einer Woche tödliche Feindschaft geworden. Seit diesen Tagen hielt sich Rhodan versteckt und agitierte aus dem Untergrund gegen die USO.

Viel Erfolg hatte er dabei nicht – noch immer war bei den Galaktikern das Gerücht lebendig, die Zeit der Schwärze sei hauptsächlich ihm zu verdanken. Perry Rhodan und seine engsten Gefährten galten galaxisweit als vogelfrei. Für seine Ergreifung waren Preise ausgesetzt worden – ein Sternenfürstentum (tot) und ein Zellaktivator (lebend).

Nur jemand, der wie ich ein paar Milliarden Lichtjahre auf dem Buckel hatte, konnte anhand der winzigen Änderungen in der Geräuschkulisse bemerken, daß das Schiff sich in Bewegung gesetzt hatte. Die AGRIPPA nahm Kurs auf *Dark Moon.*

AGRIPPA – wer außer mir wäre in diesem Jahr 172 der Atlan-Zeitrechnung auf den Gedanken gekommen, ein Schlachtschiff nach einem der Freunde und Heerführer des römischen Kaisers Augustus zu benennen? Aber reichte das als Indiz aus, um mir zu beweisen, daß ich ich war? Oder die anderen Atlane?

Und dann kam mir ein Gedanke . . .

6

Ich schaltete das Interkom wieder ein und ließ mich mit der Zentrale verbinden. Kommandant des Schiffes war – die lindgrüne Hautfarbe bewies es eindeutig – ein Siganese, ein hagerer Bursche von mehr als zwei Metern Körpergröße.

„Erhabener!“

Ich ließ mir einen Augenblick Zeit, den Tonfall des Siganesen genau zu sondieren.

Die Stimme hatte ruhig und sachlich geklungen, keineswegs unterwürfig. Sie hatte so geklungen, wie ich es an Bord terranischer Schiffe – und der alten USO-Einheiten – immer gehört hatte: gelassen, kompetent und selbstbewußt.

„Ich wünsche eine Funkverbindung mit Aurora, mit den üblichen Sicherheitsvorkehrungen.“

„Augenblicklich, Erhabener“, antwortete der Pilot. Keine Andeutung von verstecktem Spott, von innerem Widerstand. Offenbar war das Regime der Atlane innerlich sehr gefestigt.

Wenig später wurde das Gesicht des Piloten auf dem Bildschirm abgelöst durch ein Emblem, vermutlich das der neuen USO – im Vordergrund unten eine zernarbte, kalkigweiße Fläche, der Rest weltraumschwarz. Und über dieser Fläche ging gerade ein blauweißgeäderter Planet auf.

Unwillkürlich hielt ich die Luft an.

Natürlich kannte ich das Bild – die aufgehende Erde, vom Mond aus fotografiert. Wer außer mir kannte noch die Bedeutung dieser Aufnahme, die historischen und psychologischen Zusammenhänge? Wer wußte, welche Symbolkraft diese Aufnahme einmal gehabt hatte?

Nur für ein paar Sekunden hielt das Bild, dann wechselte es.

„Hallo“, begrüßte ich mich . . .

Mein Gegenüber fixierte mich kurz. Es war ein überaus verwirrender Anblick.

Wie fast alle Menschen kannte ich mich selbst nur vom Spiegel her, also seitenverkehrt. Zu den Leuten, die sich an ihrem eigenen Abbild in Foto, Film und anderen Medien nicht sattsehen konnten, hatte ich nie gehört. Unwillkürlich räusperte ich mich.

Mein Gegenüber wölbte ein wenig die Brauen. Wenn ich das war, konnte ich atemberaubend arrogant aussehen.

„Identifizierung“, sagte der Atlan am anderen Ende der Leitung. Er streckte die rechte Hand aus und legte sie flach auf den Bildschirm. Ich zögerte, wußte nicht, was ich jetzt tun sollte.

Halte deine Hand dagegen, riet der Extrasinn.

Ich gehorchte – die Ratschläge des Extrasinns hatten sich in meinem bisherigen Leben durchaus bewährt.

Im gleichen Augenblick zuckte ich schmerzhaft zusammen. Eine Flut von Gedanken spülte in mein Gehirn – fremder Gedanken.

Es war nicht nur so, daß diese Gedanken nicht meine eigenen waren – sie waren fremd in jedem nur denkbaren Sinn des Wortes. Mir war, als würde ich in einen wirbelnden Abgrund verwirrender Empfindungen hineingesogen. Unsagbar fremd war der Geist, mit dem ich Berührung aufgenommen hatte.

Mit einem Schlag konnte ich wieder klar denken – das Extrahirn hatte die Kontrolle übernommen und versuchte nun mit seiner ganzen Kraft, das zu analysieren, was zu mir herüberströmte.

Sekundenlang dauerte der Kontakt an, dann brach er ebenso jäh ab, wie er entstanden war.

„Gib dir keine Mühe“, sagte mein Gegenüber, die Lippen zu einem mitleidig-verächtlichen Lächeln gekräuselt. „Das haben andere schon vor dir versucht und nicht geschafft. Seltsam, daß ich nichts von dir wahrgenommen habe.“

„Ich bin mentalstabilisiert“, antwortete ich spontan. Das Lächeln war noch immer mitleidig, jetzt mit einem Anflug von Respekt.

„Lobotomie?“ fragte mein Gegenüber. „Fürwahr, ihr geht Risiken ein . . .“

Im nächsten Augenblick wechselte er die Sprache – er sprach plötzlich jene uralte Form des Französischen, die zu Zeiten Karls des Kühnen von Burgund gebräuchlich gewesen war.

„Sieh an“, antwortete ich in der gleichen Sprache. „Du scheinst auch nicht übel präpariert zu sein. Wer hat dich vorbereitet? Ciron de Ronqua?“

Mein Gegenüber stutzte und murmelte dann einen neuen Fluch. Auch den erkannte ich wieder – es war ein Kraftausdruck, den mein alter Freund Fartuloon gern und oft benutzt hatte. Wie kam der Bursche an diese Informationen?

Gewiß, als ich im Jahre 3562 der alten Zeitrechnung auf Gäa einen unfreiwilligen Genesungsurlaub hatte einlegen müssen, hatte mein Extrahirn eine Fülle von Informationen preisgegeben, die bis dahin blockiert gewesen waren. Ich erinnerte mich, daß diese Informationen aufgezeichnet worden waren. Mein Gegenüber schien in den Besitz dieser Informationen gekommen zu sein und hatte sie säuberlich memoriert – eine beachtliche Leistung, das gab ich gerne zu, aber kein hinreichender Beweis für irgend etwas, schon gar nicht dafür, daß er ich war.

Und wozu die Mühe, fragte der Extrasinn an. *Wen will*

er mit diesen Kenntnissen beeindrucken – es gibt ja außer dir niemanden, der ihren Wahrheitsgehalt überprüfen und bestätigen könnte.

Das war zweifellos richtig.

Wir setzten die Unterhaltung noch ein paar Minuten fort und wechselten dabei pausenlos die Sprache – Latein, Griechisch, Interkosmo, Inter-Andro, Krahmaahk ... Mein Gegenüber ging jedes Tempo mit, ließ sich nicht ein einziges Mal überraschen und wußte auf jede Anspielung meinerseits eine passende Antwort. Man hätte glauben können, es handle sich dabei um einen Duplo von mir.

Aber die Multiduplikatoren der MdI waren vernichtet und zerstört – und es gab keine Möglichkeit mehr, sie nachzubauen.

Oder doch ...?

Mein Gegenüber grinste.

„Kommen wir zur Sache“, sagte er schließlich. „Das Gespräch langweilt mich. Ich weiß schließlich, wer von uns beiden wer ist. Du kannst vielleicht andere davon überzeugen, daß du ein Erhabener bist, aber du wirst doch wohl nicht ernsthaft glauben, du könntest einen von uns überzeugen. Also, was willst du?“

Die Erkenntnis traf mich wie ein Schock.

Dieser falsche Atlan war felsenfest von seiner Echtheit überzeugt. Niemals hätte ich damit gerechnet. Ob Robot, Duplo, Androide oder was auch immer – irgendwo im Innern des Geschöpfs mußte eigentlich die Information gespeichert sein, daß er nur eine Imitation von mir war. Zugegebenermaßen eine perfekte Nachbildung, aber auch nicht mehr. Er mußte es einfach wissen – alles andere ergab keinen Sinn.

„Du hast meine Frage nicht beantwortet“, drängte der falsche Atlan. Ich wurde immer verwirrter.

Wer oder was war mit diesem Geschöpf, das mich mit

meinem eigenen Gesicht anstarrte, ruhig, überlegen und von unerschütterlicher Selbstsicherheit.

Und dann fiel es mir ein . . .

Es gab nur eine mögliche Erklärung – Verrat.

Verrat in der abscheulichsten, heimtückischten und gefährlichsten Form, die mir je unter die Augen gekommen war.

Ich wußte jetzt, wer mein Gegenüber war, wer für die diversen Atlane dieser Zukunft Modell gestanden hatte. Eine andere Erklärungsmöglichkeit kam für mich nicht in Frage.

Ich sprach mit dem Orakel von Krandhor – jenem Doppelgänger von mir, der meine Stelle als Orakel eingenommen hatte, während ich mich im Auftrag der Kosmokraten in Alkordoom und Manam-Turu herumgetrieben hatte. Ich hatte dieses Double niemals zu Gesicht bekommen, jedenfalls konnte ich mich in diesem Augenblick an keine Begegnung erinnern. Aber ich wußte, daß ich zugleich in Alkordoom herumirrte und als Orakel der Herzöge von Khran Dienst tat.

Und als Täter dieses gigantischen Personenschwindels kamen nur die Kosmokraten in Frage. Sie mußten diesen Doppelgänger aufgeweckt und in die Milchstraße geschickt haben.

Aber zu welchem Zweck . . .?

Ich lächelte sarkastisch.

„Sag, Freund“, spottete ich. „Der wievielte Abklatsch des falschen Orakels bist du eigentlich?“

Volltreffer!

Jäh veränderten sich die Gesichtszüge meines Gegenübers. In seinen Augen war zuerst Verwunderung zu lesen, dann offenes Entsetzen.

„Was?“ fragte er verwirrt.

„Gibt es das Orakel noch immer?“ fragte ich weiter und grinste boshaft. „Oder bist du nur die Kopie einer

Kopie? Du kannst deinen Genossen sagen, ich wäre aus Alkordoom zurück. Euer Spiel ist zu Ende, ihr Pappkameraden . . .“

In den Augen des falschen Atlan flammte Haß auf.

Du hast ihn durchschaut, signalisierte das Extrahirn. *Sei auf der Hut – du bist allein, und sie gebieten über die Macht mehrerer vereinigter Galaxien.*

„Kein Wunder“, fuhr ich fort, „daß du mit Perry Rhodan verfeindet bist. Der kleine Barbar hat das Doppelspiel durchschaut, nicht wahr. Andere konntet ihr täuschen, aber nicht ihn. Willst du mir verraten, über welchen kleinen Fehler ihr gestolpert seid?“

Wenn ich ebensoviel Selbstbeherrschung besaß wie der Atlan auf dem Bildschirm, konnte ich mich nur beglückwünschen. Er gewann seine Fassung wieder.

„Offenbar eine schwere Funktionsstörung“, sagte er nachdenklich. „Ich halte es für ratsam, daß du nach Aurora kommst und dich hier untersuchen und neu justieren läßt . . .“

Aha, dachte ich. Daher weht der Wind.

Offenbar hatte der falsche Atlan begriffen, daß er es bei mir nicht mit einem gerissenen Hochstapler zu tun hatte, sondern mit dem Original, von dem er kopiert worden war. Das änderte die Sachlage beträchtlich – selbst bei einem noch so intensiven Verhör wäre ich nicht als Hochstapler oder Schwindler zu enttarnen gewesen. Also versuchte er mich in die Rolle eines defekten Atlan-Modells zu bringen, dem man sanft, aber überaus nachdrücklich zu Hilfe kommen mußte. Überall würde man mich mit erlesener Höflichkeit behandeln – aber in jedem Fall saß ich dann in einer Falle.

Wer bei einer aktuellen Gegenüberstellung den Kürzeren zog, mochte ich nicht ausprobieren. Schließlich besaß ich über die Regierungszeit der Atlane so gut wie keine Kenntnisse, und das konnte mir zum Verhängnis werden.

„Wir werden uns eines Tages wiedersehen“, versprach

ich. „Unter anderen Umständen, und dann wirst du mir einiges zu erklären haben. Bis dahin – viel Glück!"

Ich schaltete ab, bevor mein anderes Ich etwas unternehmen konnte. Unmittelbar danach stellte ich eine neue Verbindung zur Zentrale der AGRIPPA her.

„Ich ordne an, daß der Funkverkehr ab sofort eingestellt wird", erklärte ich mit größtmöglicher Gelassenheit. „Und zwar vollständig – es werden weder Funkbotschaften herausgegeben, noch welche empfangen."

Der Pilot zögerte einen Augenblick.

„Wie Ihr wollt, Erhabener", sagte er dann.

Ich unterdrückte einen Seufzer der Erleichterung.

Der wichtigste Teil des Befehls war das Verbot, Funksprüche zu empfangen. Es durfte an Bord der AGRIPPA nicht einmal festgestellt werden, ob wir überhaupt angefunkt wurden. Ich erklärte den Befehl genau und gab dazu eine geheimnisvolle klingende Begründung ab – Intrigen, Verrat und dergleichen.

Der Siganese hörte sich das alles an und gab zu verstehen, daß er mich verstanden hatte. Aber ich hatte seine Zweifel geweckt, das war offenkundig. Lange würde ich dieses Spiel nicht durchhalten können – früher oder später würde einer an Bord neugierig werden und den galaktischen Funkverkehr doch abhören. Und dann würde er von allen Seiten zu hören bekommen, daß sich ein falscher Atlan an Bord der AGRIPPA geschlichen hatte, um sich dort hochverräterisch oder sonstwie unangenehm zu betätigen. Wenn diese Nachricht von dem Verbund der falschen Atlane offiziell bestätigt wurde, hatte ich keine Chance mehr.

Ich atmete zuerst einmal tief durch, als der Pilot den Vollzug des Befehls meldete. Für eine nicht genau kalkulierte Frist war ich in Sicherheit.

Früher oder später würde die USO natürlich die Jagd nach mir und der AGRIPPA aufnehmen, aber bis dahin hatte ich die Initiative in der Hand.

Ich stand auf und verließ meine Unterkunft. Den Weg zur Zentrale zu finden, fiel mir nicht schwer. In diesem Zeitalter waren die Schiffskonstrukteure zur Kugelform zurückgekehrt, wohl aus einem sehr einfachen Grund – die Kugelform verband ein Höchstmaß an Innenraum mit einem Minimum an Materialverbrauch, was die äußere Hülle betraf.

In der Zentrale sah kaum jemand auf, als ich den Antigravschacht verließ. Ruhig und diszipliniert arbeitete die Besatzung weiter.

Die falschen Atlane hatten offenkundig hervorragende Arbeit geleistet. Niemand zweifelte an ihrer Identität, ihre Anordnungen wurden befolgt. Und augenscheinlich hatten die Kosmokraten – oder wer immer auch hinter diesem infamen Plan steckte – nicht den Fehler gemacht, ihre Kreaturen charakterlich stark zu verändern. Die Kopien blieben den Verhaltensmustern des Originals – also meinen – weitgehend treu. Die Atlane tobten und brüllten nicht, ließen keine willkürlichen Todesurteile vollstrecken, nahmen den Personenkult, der um sie herum getrieben wurde, eher widerwillig als begeistert hin und verhielten sich auch sonst eher unauffällig. Von einer Zwangsherrschaft war nichts zu spüren, es gab sie auch noch nicht.

Das einzige Abweichende, das ich bislang hatte erkennen können, war der Umstand, daß sich diese neue galaktische Regierung diskret und unauffällig alles bereitgelegt hatte, um in Windeseile eine Terror-Diktatur in Gang setzen zu können, die ihresgleichen in der Geschichte suchte.

Das war so raffiniert – das konnte eigentlich nur von mir sein, oder von Perry Rhodan.

Aber wir beide wären nie auf die Idee gekommen, uns für Notfälle mit unumschränkten Vollmachten auszustatten. Während seiner ganzen langen Amtszeit als Großadministrator hatte Perry Rhodan den Terranern nie demokratische Freiheiten „gewährt“; sie besaßen diese Freiheiten, auch und gerade in Krisenzeiten.

Ich trat zum Sessel des Piloten. Die AGRIPPA hatte auf ihrem Flug einen Orientierungsstopp eingelegt.

„Wie lange würden wir bis Aurora brauchen?“ fragte ich beiläufig.

„Etwas mehr als zehn Stunden, wenn wir die Maschinen voll belasten“, lautete die Antwort.

„Und wie weit ist *Dark Moon* entfernt?“

„Ungefähr sieben Stunden!“

Ich tat so, als müßte ich kurz nachdenken, obwohl meine Absicht klar war.

„Es bleibt dabei – ich werde mir *Dark Moon* einmal ansehen.“ Ich grinste breit. „Und vielleicht ein paar Worte mit Perry Rhodan reden.“

Über das Gesicht des Piloten flog ein Ausdruck des Abscheus. Perry Rhodans Ruf in dieser Zeit schien bemerkenswert gründlich ruiniert zu sein.

„Wir bleiben auf Kurs“, bestätigte er dann. „Wird gemacht, Erhabener!“

Während der Flug fortgesetzt wurde, beschäftigte ich mich mit meinem anderen Problem.

Wie konnte ich Perry Rhodan signalisieren, daß ich selbst kam, und nicht etwa einer meiner Doppelgänger. Das Problem schien unlösbar. Sie wußten alles, was ich auch wußte – und dazu hatten sie noch die Kenntnisse über die jüngere Vergangenheit, die mir fehlten. Ich konnte in meinem Gedächtnis herumkramen, wie ich wollte, mich an persönliche Begegnungen erinnern, die ich mit Perry gehabt hatte, von denen nur er und ich etwas wissen konnten – auch meinen Doppelgängern waren all diese Dinge bekannt. Ich hätte den berühmt gewordenen Psycho-Vers funken können, der auf Hellgate zu Beginn unserer Freundschaft eine wichtige Rolle gespielt hatte – niemand außer Rhodan und mir hätte mit diesem Hinweis etwas anfangen können, ausgenommen die Duplikate. Das Problem schien beim besten Willen unlösbar zu sein.

Mit meinem Wissen selbst um bedeutungslose Details aus unserer gemeinsamen Vergangenheit konnte ich Rhodan nicht überzeugen; dieses Wissen hatten auch die anderen. Und daß ich manche Dinge nicht wußte, die sich in der jüngeren Vergangenheit abgespielt hatten, Dinge, von denen ich nichts wissen konnte – wie sollte ich das beweisen?

Während ich mich mit diesem Problem herumschlug, musterte ich unauffällig die Besatzung.

Sie war bunt gemischt – Terraner, Humoide von den verschiedensten Planeten der Galaxis, Blues, Topsider, Springer, die gesamte alte GAVÖK war vertreten, dazu einige Völker, die ich bislang noch nicht kennengelernt hatte. Der Umgangston war freundlich, in meiner Gegenwart wahrscheinlich ein wenig disziplinierter als sonst. Die Atlane hatten beim Aufbau der neuen USO hervorragende Arbeit geleistet, mußte ich anerkennen.

Gesetzt den Fall, es gelang mir, mich mit Rhodan in Verbindung zu setzen und ihn zu überzeugen . . . Hatten wir dann eine Chance, die Macht dieser sieben Fälschungen aus den Angeln zu heben?

Unter den gegenwärtigen Bedingungen ein aussichtsloses Unterfangen, kommentierte das Extrahirn.

Die Lage sah reichlich trostlos aus . . .

„*Dark Moon* in Sicht," meldete der Pilot.

Ich las die Ergebnisse der Fernortung von den Anzeigen ab. *Dark Moon* gehörte zu einem System mit einer ziemlich düster wirkenden Sonne, er war der dritte von vier Planeten. Auf dieser Welt eine Siedlung anzulegen, war wohl kaum mehr sinnvoll – diese Sonne lag gleichsam in den letzten Zügen. Aber auf Dark Moon wurden seltene Erden und Schwingquarze abgebaut, das machte den Planeten trotz seiner Unwirtlichkeit interessant.

„Gehen Sie in einen Orbit“, wies ich den Piloten an. „Und dann lassen Sie für mich einen *Moskito* klarmachen!“

„Einen was?“

Ich grinste vorsichtshalber.

„Eine Reminiszenz“, sagte ich. „Ich brauche einen raumtauglichen Einmann-Jäger.“

„Ihr wollt allein ...?“

„Allein“, bestätigte ich. „Ich habe schon früher Zusammentreffen mit Rhodan gehabt. Außerdem, was soll er mir schon wollen ...?“

Der Pilot runzelte die Stirn, ließ dann aber meine Anordnungen ausführen. Ich verließ die Zentrale und ließ mich von den Transporteinrichtungen zu einem der Beiboot-Hangars bringen. Da die Terraner und verwandte Völker Wert darauf legten, ihre Raumschiffe nach logischen und sachlichen Gesichtspunkten zu konstruieren, fand ich mich an Bord der AGRIPPA recht gut zurecht. Wo ich nicht mehr weiterwußte, sprang das Extrahirn ein.

Ähnlich erging es mir mit dem Jet – es gab eine Fülle kleinerer und größerer Veränderungen, aber die wesentlichen Konstruktionsmerkmale waren geblieben. Am Prinzip solcher Fahrzeuge hatte sich im Lauf der Jahrhunderte wenig geändert. Das Extrahirn half mir dabei, die zum Teil veränderten Aufschriften der Instrumente und Bedienungselemente zu verstehen.

Eine knappe halbe Stunde nach der Ankunft der AGRIPPA im System hing ich in einem stabilen Orbit. Ich sah zu, daß ich mich möglichst weit von der AGRIPPA entfernte, dann schaltete ich das Funkgerät ein.

Ich grinste.

Auf den Frequenzen war die Hölle los. Der Atlan von

Aurora machte der halben Galaxis die Hölle heiß. Wie ich mitbekam, war sogar eine mittelgroße Flotte unterwegs, um mich zu jagen.

Sollten sie nur – mich würden sie so schnell nicht bekommen.

Ach, machte das Extrahirn nur.

Natürlich – wenn ich jetzt auf Informationen aus meiner alten Arkon-Zeit zurückgriff, konnte ich damit zwar die Terraner düpieren – nicht aber eine Kopie von mir, die die gleichen Informationen besaß. Es war zum Verrücktwerden – sich selbst als Gegner zu haben, konnte einen alten Arkon-Admiral vor erstaunliche Probleme stellen.

Ich griff zum Mikrophon des Funkgeräts.

„Perry Rhodan, bitte melden. Atlan hier, ich bin gerade von Alkordoom zurückgekehrt . . ."

Ich sprach den Satz auf Band und ließ diese Nachricht sich ständig wiederholen. Ich brauchte nicht lange zu warten, bis sich Perry Rhodan meldete – er war schon immer für seine Schnelligkeit bekannt gewesen. Sofortumschalter hatte man ihn genannt, damals, als er zu seinem Mondflug aufbrach . . .

Wie lange lag das schon zurück . . .?

7.

Ein schriller Warnton informierte mich darüber, daß etwas mit dem Jet nicht stimmte. Eine Frauenstimme sprach eine Warnung, und ehe ich mich versah, war die Rettungsautomatik angesprungen.

Ich wurde aus dem Jet hinauskatapultiert. Unwillkürlich stieß ich einen gedämpften Schrei aus.

„Nur mit der Ruhe, alter Freund", sagte eine hohe, wohlvertraute Stimme. Jemand packte mich von hinten, und das nächste, was ich spürte, war der scharfe Nackenschmerz einer Transition.

Helles Licht umgab mich plötzlich, und vor mir standen zwei Dutzend recht verwegen aussehender Männer und Frauen, die Waffen auf mich gerichtet hielten.

„Er ist uns tatsächlich in die Falle gegangen", sagte die hohe Stimme hinter mir. Angesichts der Waffen hielt ich es für ratsam, mich sehr langsam umzudrehen.

Es war Gucky, der hinter mir stand, in einen Raumanzug gehüllt, – und auch er hatte einen entsicherten Impulsstrahler in der Hand, den er auf mich gerichtet hielt.

„Herzlich willkommen", sagte der Mausbiber. Es klang sehr verächtlich.

Mit behutsamen Bewegungen öffnete ich den Helm, der sich automatisch beim Start der Rettungsautomatik geschlossen hatte.

„Du kennst die Spielregeln, Abklatsch. Eine falsche Bewegung, und es ist vorbei mit dir."

„Es tut gut, alte Freunde wieder zu treffen", sagte ich.

„Erzähl keine Opern", fauchte Gucky mich an.

Der Mausbiber sah nicht sehr gut aus – schmal war er geworden, gezeichnet von Anstrengungen und Strapazen. Auch die Männer und Frauen, die mich in Schach hielten, hätten ein paar Wochen Urlaub vertragen können.

„Ich bin unbewaffnet", verkündete ich. „Und ich will Perry sprechen."

„Ach, wirklich?"

Eine junge Frau trat zu mir und tastete mich nach Waffen ab. Sie tat das mit einem derart angewiderten Gesichtsausdruck, daß ich ahnte – in dieser Gruppe würde ich so leicht keine Aufnahme finden. Ich sah mir die Leute an und fand Gesichter, gezeichnet von Müdigkeit und jener Form von sanftem Zynismus, den andauernde Kämpfe und Gefahren mit sich brachten.

„Ich bin keiner der sieben, Gucky“, sagte ich und sah ihn an. „Ich bin es, Atlan.“

„Was, glaubst du, würde ein Abklatsch in dieser Situation wohl sonst behaupten?“ gab Gucky zurück. Er musterte mich feindselig. „Und daß du mir deinen Gehirninhalt offenlegst, ist auch kein Beweis. Aber . . .“

„. . . das müßte ich eigentlich wissen“, ergänzte ich. „Ich weiß es aber nicht.“

„Er ist sauber, Gucky“, sagte einer der Männer, der mich die ganze Zeit mit einem transportablen Meßgerät im Auge gehabt hatte. „Kein Sender, keine Waffen. Kann natürlich eine List sein. Eine Bombe hat er auch nicht am oder im Leib – es sei denn, er selbst ist die Bombe.“

Ich konnte sehen, daß ich im Hangar eines Raumschiffs stand. Die Inneneinrichtung machte einen heruntergekommenen Eindruck. Funktionstüchtig, aber nicht mehr hochmodern, das Ergebnis harter Improvisationsarbeit. In einer der Wände öffnete sich eine Tür.

Ich erkannte ihn sofort.

Er war unrasiert und wirkte müde. Aber seine grauen Augen waren hellwach wie immer. Langsam kam er näher.

Ich wolle einen Schritt auf ihn zumachen, ihn nach langer Trennung wie einen Freund begrüßen, aber die hochruckenden Waffen hielten mich davon ab.

Rhodan trug keine Waffen. Mit der rechten Hand massierte er sich die Schläfen und sah mich an.

„Also gut“, sagte er. „Du bist hier, wie du es vermutlich gewollt hast.“

Ein rascher Blick zur Seite.

„Sind wir sicher?“

Eine der Frauen nickte.

„Wir können nicht angepeilt werden. Außerdem hat er keinen Sender dabei. Sein Parasynchron-Verbund ist unterbrochen worden.“

Rhodan lächelte.

Es war ein leiser, feiner Spott – offener Hohn und beißender Zynismus waren nie Rhodans Sache gewesen.

„Dann sind wir also unter uns", meinte er. „Wie sieht dein Angebot aus?"

„Ich habe keins", antwortete ich. „Und ich bin nicht der, für den du mich hältst."

„Sondern?"

„Ich bin der richtige Atlan."

Rhodan verzog das Gesicht und mit ihm seine Leute. Die Miene kannte ich. Kennst du keine besseren Witze als diesen, bedeutete der Ausdruck.

„Er ist überzeugt davon, die Wahrheit zu sagen", mischte sich Gucky ein.

„Das waren die anderen auch", bemerkte Rhodan zweifelnd. „Ein Robot ist er also nicht. Androide oder Klone . . .?"

„Keins von beiden, Chef", meinte Gucky. „Wenn, dann ist er der Richtige . . ."

Ich stieß einen Seufzer der Erleichterung aus. Endlich war das erlösende Wort gefallen.

„Beachtlich", murmelte Rhodan. Er faßte mich schärfer ins Auge. „Wirklich erstaunlich. Wenn ich es nicht besser wüßte . . ."

„Heißt das, daß wir die Vorlage erwischt haben?" fragte einer der Männer hoffnungsvoll.

„Wenn, dann die erste Kopie", gab Rhodan zurück. „Und sie ist gut gelungen, phantastisch, bis in den Charakter hinein. Das hätte der echte Atlan auch gemacht – einfach hineinspazieren in die Höhle des Löwen."

„Uumphh", machte ich. „Gegenfrage, Perry – welchen Beweis forderst du? Wie kann ich nachweisen, daß ich keiner der sieben bin?"

Rhodan preßte die Lippen aufeinander.

„Es gibt nur einen Beweis", sagte er. Er deutete auf meine Brust. „Der Zellaktivator . . ."

Ich öffnete sofort die Kombination.

„Hier ist er", sagte ich.

Rhodan schüttelte den Kopf.

„Brillant", räumte er ein. „Perfekt inszeniert. Erzähl uns deine Geschichte, wir sind neugierig."

„Es könnte eine lange Geschichte werden", warnte ich. Vielleicht konnte die Fülle der Details ihn überzeugen.

„Das macht nichts", antwortete Rhodan. „Wir haben Zeit . . ."

Ich erinnerte mich an die AGRIPPA.

Nach meiner Schätzung hatte Gucky mit mir eine Teleportation durchgeführt, die seine Kräfte bis zum äußersten beansprucht hatte. Trotzdem konnten wir nicht allzu weit von dem Schlachtschiff entfernt sein. Und wenn ich die Inneneinrichtung der beiden Schiffe verglich, hatte Rhodans Einheit keine Chance, falls es zu einem Kampf kam.

„Das Schiff, das mich hergebracht hat, die AGRIPPA, müßte noch in der Nähe sein", sagte ich. Rhodan machte eine gelangweilte Handbewegung.

„Zerbrich dir nicht unseren Kopf", sagte er nur. „Komm, erzähle . . ."

Gucky sah mich aus leicht zusammengekniffenen Augen an, dann wandte er ein wenig den Kopf und fixierte Rhodan. In dem Gesicht des Terraners hatte sich der Ausdruck nicht gewandelt. Ruhig sah er mich an, aufmerksam und sehr konzentriert; nicht einmal hatte er eine Miene verzogen.

„Nun?"

„Er sagt die Wahrheit", antwortete Gucky. „Jedenfalls, soweit ich das wahrnehmen kann."

Rhodan rieb sich mit dem Finger an der Nase.

„Ist es die Wahrheit – oder glaubt er nur, daß es die Wahrheit ist?“ fragte Rhodan.

„Woher soll ich das wissen?“ fragte der Mausbiber zurück. „Er ist jedenfalls fest davon überzeugt, daß er der einzig echte Atlan ist. Und während er von dieser Galaxis erzählt hat – Alkordoom, habe ich im Hintergrund seiner Gedanken eine Fülle weiterer Informationen und Assoziationen entdeckt, die sich auf das Thema beziehen. Einen Block oder dergleichen habe ich wirklich nicht finden können.“

Rhodan lächelte schwach.

„Traust du ihm?“

Der Mausbiber fixierte nun mich. Nachdenklich wiegte er den Kopf.

„Ich weiß nicht recht“, sagte er zweifelnd.

Ich verlor ein wenig die Geduld. Drei Stunden lang hatte ich geredet und geredet, um meine Gegenüber zu überzeugen. Offenkundig war es mir nicht gelungen.

„Darf ich jetzt einmal ein paar Fragen stellen?“ warf ich ein.

„Nur zu!“ ermunterte mich Rhodan. „Ich bin neugierig, was du wissen willst.“

„Worum geht es eigentlich bei diesem Streit?“ fragte ich. „Ich habe begriffen, daß dir diese sieben falschen Atlane spinnefeind sind – und wie ich an deiner augenblicklichen Haltung ersehen kann, alter Barbarenhäuptling . . .“

Einer von Rhodans Männern trat vor und sah mich drohend an. Rhodan grinste und zog den Mann am Arm zurück.

„Keine Aufregung, Sherman“, sagte Rhodan; es klang überraschend sanft und freundlich. „Ein alter Spaß zwischen uns beiden.“

„. . . kannst du meine Ebenbilder ebenfalls nicht leiden. Warum?“

Rhodans Grinsen wurde ein wenig spöttisch.

„Als ich in die Milchstraße zurückkehrte“, begann er, „hattest du deine Position bereits eingerichtet. Du gestattest doch, daß ich so von dir rede?“

„Tu dir keinen Zwang an, Barbar“, erwiderte ich. „Ich bin die schlechten Manieren der Larsaf-Eingeborenen seit langem gewöhnt.“

„Freundchen“, knurrte Sherman, „wenn du nicht der bist, für den du dich ausgibst, werden wir dir erst einmal Manieren beibringen . . .“

Jetzt war die Reihe an mir zu grinsen.

„Schätze, diese Milchstraße ist zu klein für uns beide, wie . . .?“

Sherman starrte mich verständnislos an. Rhodan lachte schallend los, und Gucky, der diesen Western-Slang aus TV-Filmen kannte, kicherte unterdrückt.

„Zurück zum Thema“, ordnete Rhodan an. „Als ich zurückkehrte, hatte die neue USO bereits den Galaxienverbund fest im Griff – und du standst an der Spitze dieses Machtapparats. Das allein fand ich schon ein wenig komisch. Seit deiner Zeit als Gonozal der Siebte . . .“

„Achte“, verbesserte ich unwillkürlich.

„. . . hattest du nie mehr nach solchen Machtpositionen geschielt“, sagte Rhodan. „Einfluß ja, aber dieser plakative Anspruch auf Überlegenheit – das sah eigentlich nicht nach dem Atlan aus, den ich kannte. Und dann mußte ich entdecken, als ich mir die Machtstruktur der Galaxien einmal näher ansah, daß du in aller Stille eine perfekte Diktatur aufgebaut hattest, einstweilen noch nicht offen erklärt und ausgeübt, aber sozusagen Gewehr bei Fuß stehend. Das fand ich sehr verwunderlich.“

„Ich nehme an, ich habe dir auch eine glaubwürdige Erklärung dafür angeboten.“

Rhodan schüttelte den Kopf.

„Du faseltest etwas von einer furchtbaren, unwiderstehlichen Gefahr im Untergrund, die sich noch nicht offen gezeigt hätte, und die man deswegen auch nicht offen bekämpfen könne. Mehr war aus dir nicht herauszuholen."

Ich kniff ein wenig die Augen zusammen.

„Und wie soll diese Gefahr aussehen?" wollte ich wissen. „Nicht der kleinste Hinweis?"

„Nichts dergleichen", meinte Rhodan.

„Ein bißchen wenig", entfuhr es mir spontan. „Auf jeden Fall entschieden zu wenig, um jemanden wie dich von der Notwendigkeit dieser sogenannten Vorsorgediktatur zu überzeugen."

„Sehr präzise formuliert", kommentierte Rhodan. „Wir sind in Streit geraten . . ."

„. . . was mich nicht wundert . . ."

„. . . und im Unfrieden auseinandergegangen. Und seit jenen Tagen versuchen deine Häscher, meine Leute und mich zu fangen. Die Belohnung, die auf meinen Kopf ausgesetzt ist wirst du kennen . . ."

Ich nickte.

„Ein Zellaktivator", sagte ich achselzuckend. „Was soll ich damit, ich habe einen . . ."

„Ich habe es bereits gesehen", sagte Rhodan leise und sah auf meine Brust. „Die Frage ist nur – ist er echt?"

„Mein Aktivator? Natürlich, er stammt wie deiner aus der Werkstatt der Kosmokraten . . ."

„Eben . . .", meinte Rhodan lakonisch. Ich runzelte die Stirn. Was hatte dieses kryptische *eben* zu bedeuten? Was hatte Rhodan auf seiner verzweifelten Expedition erlebt. War er wieder mit den Kosmokraten zusammengestoßen, vielleicht sogar mit ihnen aneinandergeraten?

„Die falschen Atlane haben auch Aktivatoren", mischte sich Gucky ein. „Es sind aber nur Nachbildungen – plumpe Fälschungen, die nicht mehr taugen, als ein biophysikalisches Aufputschmittel. Der Original-

Atlan, also das Vorbild für die Kopien, soll angeblich einen echten Aktivator tragen."

„Einen – oder meinen?" fragte ich zurück. Rhodan lächelte schwach.

„Genau das ist die Frage . . .", sagte er leise.

Unwillkürlich stieß ich einen Seufzer der Erleichterung aus.

Die Zellaktivatoren, die ES seinerzeit in 25 Exemplaren in der Milchstraße ausgestreut hatte, waren Universalgeräte. Ein automatischer Abtaster stellte die Wirkung auf die Individualschwingungen des jeweiligen Trägers ein.

Die beiden anderen Geräte, die ebenfalls aus der Werkstatt der Kosmokraten stammten, waren von Anfang an für Rhodan und mich bestimmt gewesen. Sie waren auf unsere Individualschwingungen justiert worden und waren – langfristig – nicht übertragbar. Man konnte sie für ein paar Stunden oder Tage anderen Lebewesen umlegen – ich hatte in meiner Erdvergangenheit des öfteren davon Gebrauch gemacht – um schwere Verletzungen ausheilen zu lassen, aber mehr war nicht möglich.

„Es gibt eine Möglichkeit, die Echtheit deines Aktivators und damit deiner selbst zu beweisen", sagte Rhodan. Er sprach auffällig leise. Ich *war* es langsam leid, daß Gucky jeden meiner Gedanken überprüfte und blockte daher mental ab.

„Wir werden deinen Aktivator operativ aus deiner Brust entfernen und einem anderen zum Tragen geben", sagte Rhodan. „Du weißt, was dann passiert?"

Ich setzte ein grimmiges Lächeln auf.

„Der neue Besitzer wird daran nicht viel Freude haben – so wenig wie dein Sohn Thomas."

Perry Rhodan zuckte nicht zusammen. Die Geschehnisse von damals lagen zu lange zurück.

Thomas Cardif hatte sich Rhodans Aktivator angeeignet, aber er hatte nicht die verhängnisvolle Wirkung dieses Geräts gekannt. Es war zu einem explosiven Zellwachstum gekommen, das Cardif getötet hatte – und diese Wirkung mußte jeder befürchten, der Rhodans oder meinen Aktivator längere Zeit trug.

Der Haken dabei war, daß ich den mörderischen Erfolg dieses Tests nicht erleben würde. Wer längere Zeit einen Aktivator trug – gleichgültig welchen – wurde davon abhängig und starb bald nach dem Verlust des Zellaktivators.

Daran dachte ich – als mir plötzlich in Rhodans Augen ein gewisses Lauern auffiel.

„Augenblick", sagte ich. „An wem willst du das Gerät testen? Es liefe auf ein Todesurteil für den Testkandidaten hinaus. Wenn die Zellexplosion erst einmal eingesetzt hat – und darauf willst du wohl hinaus – ist sie nicht mehr zu stoppen."

Rhodan wiegte den Kopf.

„Hübsch, daß du daran gedacht hast", sagte er. „Ein Punkt für dich."

„Wir sind hier nicht bei einem Quizprogramm", wies ich ihn zurück. „Es geht um viel mehr . . ."

Rhodan nickte.

„Um die Freiheit der Milchstraße und einiger anderer Galaxien", sagte er. „Und dieser Kampf wird gewiß nicht ohne Opfer abgehen . . ."

Er schloß für ein paar Sekunden die Augen und dachte angestrengt nach. Ich war gespannt, welche Entscheidung er wohl treffen würde. Aber bevor Rhodan dazu kam, geschah etwas anderes . . .

Im Hintergrund der großen Halle, in der wir standen, wallten plötzlich weiße Nebel auf, die sich von Augenblick zu Augenblick verdichteten. Woher sie kamen, konnte ich nicht sehen.

Ich deutete mit dem Finger darauf.

„Was ist das?" fragte ich.

Ein paar Köpfe drehten sich – zuerst langsam, dann ruckartig.

„Verdammt“, schrie jemand auf. „Alarm – die Nebel-Brigade ...“

Die Leute um Rhodan spritzten auseinander und rissen die Waffen hoch ...

Ich sah es nur aus den Augenwinkeln heraus, denn im gleichen Augenblick hatte offenbar Perry Rhodan seine Entscheidung gefällt.

Zum ersten Mal in all den Jahrhunderten, die wir zusammen gekämpft, gelebt und gelitten hatten, war sein Gesicht verzerrt von Haß und Abscheu.

„Verräter!“ zischte Rhodan. Ein eisiger Schrecken durchfuhr mich, als ich mir vorzustellen versuchte, was dieser Mann erlebt haben mußte, um zu einem solchen Ausbruch fähig zu sein.

Dann sah ich nur noch, wie er die Waffe hob, auf mich zielte und den Finger krümmte ...

8.

„So geschehen im April des Jahres 3821 in der Galaxis Alkordoom“, sagte ich.

Mein Schädel schmerzte, als hätte ich jedes Stückchen Information aus meinen Ganglien herauswringen müssen. Ich war müde, erschöpft und vor allem deprimiert.

„Unglaublich“, sage Bully und kratzte sich hinter dem Ohr. „Und, wie geht es weiter ...?“

„Es geht nicht weiter“, sagte ich. Gucky reichte mir ein Erfrischungsgetränk, und ich bedankte mich mit einem Blick. Und Agape massierte kräftig meinen Hinterkopf. Die Kopfschmerzen wurden dadurch ein wenig geringer.

„Wie, es geht nicht weiter ...?“

Bully konnte es kaum glauben.

„Meine Erinnerung hört an diesem Punkt auf", sagte ich und nahm einen Schluck von dem Saft. „Und ich bin mir bis heute nicht sicher, um was es sich bei dieser Erinnerung wirklich gehandelt hat – um eine wirre Phantasmagorie, um eine künstlich erzeugte Halluzination, um einen echten Ausblick in eine mögliche, vielleicht gar eine tatsächliche Zukunft ... Ich weiß es nicht, alter Freund."

„Bei der Vorstellung, daß alles könnte tatsächlich zur Wirklichkeit werden ... lieber nicht", murmelte Reginald Bull. „Perry und du tödlich verfeindet, eine Galaxis ohne Raumfahrt ..."

Wäre Perry nicht im Raum gewesen, hätte Bully anders geredet. Natürlich hatte er ebenso schnell wie Rhodan das Wesentliche in meiner Aussage erfaßt, aber er überließ es Rhodan, diese sachlichen Aspekte zu erörtern. Bully übernahm dafür die Aufgaben, durch harmlose, unverfängliche Plaudereien die Stimmung zu heben. Und das konnte er recht gut.

Ich erinnerte mich auch an das, was ich selbst zu diesen Erlebnissen gedacht hatte, als ich in der Zentrale der RA-perfekt wieder in die Wirklichkeit des Jahres 3821 zurückgekehrt war.

Synoptische Konfusionen, aufgewirbelter Gehirnmüll, der sich zu seltsam unerklärlichen Gebilden verdichtet hatte, Schaumgeburten meiner aufgewühlten Phantasie. Und das Extrahirn hatte lakonisch gemeldet: Der Jet träumt ...

Damals wie heute war ich mir nicht klar darüber gewesen, wie ich die Informationen hätte einordnen sollen, die ich gerade meinen Freunden preisgegeben hatte.

Perry Rhodan machte ein sehr nachdenkliches Gesicht. Auf seiner Stirn war eine tiefe Sorgenfalte aufgetaucht.

„Der Zusammenhang ist einigermaßen klar", sagte er

halblaut. „In deinem Traum, die Doppelgänger, Duplos, Kopien deines Ichs, wie immer man es nennen will. Und hier diese eigentümlichen Zellen, die ein Teil von dir sind und doch völlig fremd. Übrigens – wie fremd, Agape?“

Die Mykologin hatte die Antwort bereits parat.

„Sehr fremd“, sagte sie ohne Zögern. „Aber es gibt gewisse Verwandtschaften – und zwar mit Lebensformen, wie wir sie aus der Galaxis Vayquost kennen.“

Ich schluckte heftig.

Da war die Verbindung.

Schon damals hatte ich daran gedacht, daß die Galaktiker vom Orakel von Krandhor verraten worden sein konnten. Und jetzt führte die Spur, die die Mykologin verfolgt hatte, ebenfalls zum Orakel – und darüber hinaus zu den Kosmokraten.

Minutenlang herrschte eine angespannte Stille im Raum. Niemand redete ein Wort, jeder ging seinen eigenen Gedanken nach.

In meinem Fall kreisten diese Gedanken immer wieder um einen Begriff – Angst.

Wenn ich Agape richtig verstanden hatte, dann war dieser geheimnisvolle Organismus, der mich wie eine Krankheit befallen hatte, damit beschäftigt, mich umzuwandeln – in sich selbst oder in ein nicht minder grauenvolles Zwitterwesen.

„Wie wird es weitergehen?“ fragte Rhodan halblaut. Er sah dabei die Mykologin an. Die zuckte mit den Schultern.

„Nach und nach“, begann sie zögernd, „wird sich der virale Pilz ausbreiten, bis er Atlans Körper vollständig durchdrungen hat. Wenn ihr wollt, kann ich euch ein paar Filme über solche Pilze zeigen.“

Ich sah, wie Rhodan den Kopf wendete und mich ansah. Rücksichtsvoll von ihm, daß er daran dachte, wie solche Bilder auf mich wirken mußten. Ich grinste dünn und nickte.

Das Labor hatte eine Direktverbindung zu NATHAN, und so dauerte es nicht lange, bis die Bilder auf einem der Bildschirme zu sehen waren.

Agape Blaschke hielt dazu einen längeren Vortrag über die Besonderheiten von Pilzen, der mich überhaupt nicht interessierte.

Ich starrte nur immer wieder die Kreaturen an, die in riesenhafter Vergrößerung auf der Mattscheibe zu sehen waren, gestochen scharf, farbrichtig und dreidimensional. In dieser Größe wirkten sie wie Hauptdarsteller in einem Horrorfilm.

Es zappelte und krümmte sich, schlich und wand sich und blähte sich auf. In den Jahrtausenden meines bisherigen Lebens hatte ich Lebensformen gesehen und kennengelernt, wie sie sich abenteuerlicher keine Phantasie hätte ausdenken können. Aber selbst zu den größten Absonderlichkeiten dieser Lebensformen hätte ich eher einen inneren Kontakt herstellen können als zu diesen widerwärtigen Kleinstlebewesen.

Bei der Vorstellung, daß ich mich in diese Richtung verwandeln sollte . . . Mir wurde übel dabei.

Lieber wollte ich von eigener Hand sterben, als zu etwas verformt zu werden, was organisches Material regelrecht *befiel*.

Und dann sah ich etwas, was mir ein entsetztes Stöhnen aus dem Leib trieb.

Agape zeigte uns gerade eine Sorte Schleimpilze, gallertartige Mini-Geschöpfe, die widerlich aussahen und bei deren Anblick sich mir die Haare aufstellten.

Plötzlich begannen sich diese Pilze zu bewegen. Sie flossen zusammen, bildeten Zellklumpen, strukturierten sich immer mehr, und nach kurzer Zeit – der Film lief im Zeitraffer ab – war ein dünner organischer Faden mit einer Verdickung am oberen Ende zu sehen, der von einer unsichtbaren Kraft hin und her bewegt wurde.

„Bei Osiris!" entfuhr es mir. „Was, um alles in der Welt, ist *das* da?"

Agape lächelte. Sie hatte schöngeschwungene Lippen und bemerkenswert weiße, regelmäßige Zähne. Seltsam, woran ich in dieser Lage zu denken imstande war . . .

„Das ist ganz normal", sagte sie. „Auf diese Weise vermehren sie sich. Wir haben diesen Vorgang oft beobachtet, aber es hat sich nie jemand ernsthaft damit beschäftigt. Es funktioniert einfach . . ."

Rhodan legte mir eine Hand auf die Schulter.

„Nicht die Nerven verlieren", sagte er eindringlich. „Wir haben andere Probleme gemeistert, wir werden auch dies hier überstehen."

Ich schob die Hand weg.

„Langsam", sagte ich gedehnt. Ich deutete auf den Schirm. „Bei diesen Schleimpilzen handelt es sich im Normalfall um Einzeller, nicht wahr? Leben in einer seiner primitivsten Formen . . ."

Agape nickte.

„Und plötzlich sind diese Einzeller imstande, sich *kollektiv* zu verhalten, Kolonien zu bilden und einen einzigen, größeren Organismus auszuformen?"

„In diesem Fall – ja", antwortete Agape.

„Und woher haben sie dieses Wissen? Wer organisiert dieses Zusammenfließen – können wir das noch einmal sehen . . .?"

Wieder lief der Film auf dem Schirm ab, und ich bekam eine Gänsehaut. Unwillkürlich stellte ich mir vor, wie diese Zellen zur gleichen Zeit in meinem eigenen Körper . . .

„Im Normalfall primitive Einzeller", sagte ich und deutete auf den Schirm. „Und mitunter in der Lage, eine Kollektivintelligenz zu entwickeln, die beträchtlich über dem Niveau der Einzelwesen liegt . . ."

Rhodan hatte sehr gut aufgepaßt; den ehrenvollen Spitznamen „Sofort-Umschalter“ hatte er schon in seiner Zeit als Risiko-Pilot der US-Space-Force gehabt, und diese Fähigkeit, sich blitzartig auf neue Zusammenhänge einzustellen, hatte er behalten und gesteigert.

„Das heißt“, sagte er ruhig – (jedenfalls tat er so) –, „daß diese Pilze, die wir in Atlans Körper gefunden haben, nichts mit einer seltsamen Krankheit zu tun haben müssen. Sie können ebensogut das Zeichen eines von außen kommenden Angriffs sein . . .“

Rhodan preßte die Lippen aufeinander und sah mich an.

Ich nickte langsam.

„Also gut“, sagte ich. „Ich gehe freiwillig in Quarantäne . . .“

Rhodans Blick drückte Dankbarkeit und Anerkennung aus. Es funkelte auch ein wenig grimmiger Humor darin.

„Wahrscheinlich gilt das für uns alle, alter Freund“, sagte er trocken . . .

Und das schloß Agape ein . . .

Der einzige Vorteil der Prozedur war, daß wir für ein paar Stunden nicht zum Nachdenken kamen. Dazu waren wir zu beschäftigt.

Für kurze Zeit wurde erwogen, mir ein Quartier auf Tahun anzuweisen, wo man auf die Bekämpfung von Krankheiten und Seuchen bestens vorbereitet war. Aber schon eine oberflächliche Prüfung ergab, daß meine „Krankheit“, mit normalen Mitteln nicht mehr zu bekämpfen war. Und dann war es auch ziemlich gleichgültig, an welchen Ort ich mich zurückzog.

Die Entscheidung fiel für Abrary, einen gemütlichen Planeten, der vor ein paar Jahren erst entdeckt worden war, knapp 17 000 Lichtjahre von der Erde entfernt, wie geschaffen, um darauf Urlaub zu machen.

Da Rhodan auf größtmögliche Geschwindigkeit

drängte, liefen die einzelnen Teilstücke dieses Quarantäneplans gleichzeitig ab. Ein Raumschiff mit einem Transmitter an Bord wurde nach Abrary geschickt. Gleichzeitig besorgten Roboter alles, was ich zum Leben brauchte ...

... was ich brauchte ...

Denn eine schnelle Überprüfung hatte ergeben – weder in Rhodans noch in Bullys oder gar Guckys Blut waren Exemplare der heimtückischen Pilze gefunden worden. Es sah ganz danach aus, als habe es der Angreifer aus dem Unsichtbaren nahezu ausschließlich auf mich abgesehen. Dennoch erklärte sich Agape Blaschke bereit, mein Exil mit mir zu teilen – ob aus medizinischen Gründen, aus Forschungsdrang oder aus privaten Überlegungen heraus, ließ sich einstweilen nicht feststellen. Vielleicht hatte sie ganz einfach Lust, an einem bemerkenswert schönen Platz des Universums Ferien zu machen.

Abrary war ein wenig kleiner als die Erde, infolgedessen lag die Schwerkraft unter dem Standardwert. Wir hatten uns eine der Tausende von Inseln ausgesucht, die es auf dem Planeten gab, umgeben von grünem Meer, bewachsen mit abenteuerlich bunten Blumen und Früchten. Die Temperaturen waren angenehm, es gab Wind und Wellen ... es fehlte nichts.

Ich konnte dem Unternehmen dennoch nicht sehr viel abgewinnen. Während ich meinen Robotern Anweisungen gab, was alles einzupacken und mitzunehmen war, wurde mir immer deutlicher klar, daß Rhodan, dieser gerissene Fuchs, dabei war, mich auszutricksen.

17 000 Lichtjahre von der Erde entfernt, isoliert auf einem primitiven Planeten, auf dem es außer Insekten kein höheres Leben gab, abgelenkt durch ideale Urlaubsbedingungen – (und die Reize einer hinreißend schönen Mykologin) –, konnte man mich in aller Ruhe mir selbst überlassen. Wahrscheinlich stand der Plan

dahinter, mich meine letzten Tage oder Wochen in angenehmer Umgebung verbringen zu lassen – und ansonsten zuzusehen, was dieser Schleimpilz mit mir anzustellen beliebte. Ein feiner Plan, typisch für Rhodan. Er war noch nie ein Mann der Gewalt gewesen; immer hatte er seine Ziele mit List und Einfallsreichtum verfolgt – und auch erreicht.

Irgendwann würde dann in den Medien die Nachricht von meinem Tod durchsickern, Rhodan würde ein pompöses Staatsbegräbnis inszenieren, und die halbe Milchstraße würde schluchzen.

Und das war es dann – Abtritt Atlan von der galaktischen Bühne.

„Lump“, murmelte ich wütend. Ich war verärgert.

Ich würde sterben – so oder so. Entweder tatsächlich, zumindest aber für die Medien.

Ich war mir seltsamerweise sicher, daß der Pilz mich nicht umbringen würde. Einzeller waren selbst unsterblich, und in gewisser Weise war diese Kreuzung hochinteressant. Vor allem, wenn man bedachte, wie sich diese Mimikry-Fähigkeit meines Körpergasts mit meinen eigenen Fähigkeiten kombinieren ließ.

Ich hatte da schon gewisse Ahnungen, was sich würde machen lassen, wenn die Verschmelzung zweier Wesen von solchem Format vollzogen war. Kein Wunder, daß Rhodan da nicht mitmachte.

Vielleicht würde er mich als Laborratte verwenden. Zuzutrauen war es ihm. Er würde an meinem Körper die Verschmelzung studieren, um daraus für sich selbst Profit zu schlagen. Dieser listige, tückische Terraner schnitzte Bolzen aus jedem Holz, das wußte ich aus Erfahrung.

„Bist du soweit?“

Ich lachte unterdrückt.

Nein, das mußte der Neid Rhodan lassen. Er war ein gerissener Hund. Damit ich mich nicht langweilte, gesellte man mir eine Spielgefährtin bei, jung, aufregend, attraktiv – die uralte Weibchenfalle. Und alles so eingefädelt, daß schon mein besonderes Ahnungsvermögen dazu gehörte, das Manöver zu durchschauen.

Jetzt stand sie auf der Schwelle zum Garten und lächelte mich an. Und sie hatte sich natürlich auch so angezogen, daß ihre Reize nicht zu übersehen waren; die Mode dieses Jahres, die ohnehin sehr freizügig war, kam ihren Absichten sehr entgegen. Auf mich wirkte diese Zurschaustellung weiblicher Körperlichkeit eher abschreckend; bei der Vorstellung, diesen Körper zu berühren, krampfte sich mein Magen zusammen.

(Stunden später, als dieser Anfall abgeklungen war, wurde mir bewußt, wie deutlich dieses Signal gewesen war; der Abscheu vor Agape war eine Reaktion von ICH gewesen, nicht von mir. Aber wenn ICH mich beherrschte, dann kam mir keine meiner Reaktionen fremd oder absonderlich vor. Und ICH war viel zu schlau, um unablässig über alles zu schwätzen, was durch seinen/meinen Kopf ging, und sich so selbst zu verraten.)

„Nun, wie sieht es aus?“ fragte Agape. „Bald fertig . . .?“

Dazu entblößte sie ihr schimmerndes Gebiß. Wahrscheinlich schlang sie damit nahezu alles in sich hinein, was organisch war. Vermutlich schreckte sie nicht einmal vor Fleisch als Nahrung zurück.

„Bestens, bestens“, sagte ich und grinste dazu dünn. In meinem Hinterkopf hatte es angefangen zu bohren und zu brennen, von dem Augenblick an, da ich mein Haus betreten hatte. Und von Minute zu Minute wurde der Schmerz stärker. Irgendein hoher, überaus schriller Ton schien sich mit der Schmerzentwicklung eines weißglühenden Stahldrahts durch mein Gehirn zu bohren.

Ich hatte nicht die leiseste Ahnung, woher dieser infernalische Lärm kam, aber nach kurzer Zeit blieb mir nichts anderes übrig, als nach der Quelle dieses Schalls zu suchen. Ich entdeckte sie schließlich im Garten – ein kleiner, plastikverkleideter Kasten, der einen ungeheueren Lärm machte und erst verstummte, als ich einfach darauf trat und den Kasten zerstörte. Agape stand auf der Schwelle und sah mir neugierig zu.

„Ich konnte den Radau einfach nicht mehr ertragen", stieß ich heftig hervor. Agape deutete auf den Trümmerhaufen.

„Davon?" fragte sie. Ich nickte und massierte meinen schmerzgeschundenen Nacken.

Die Zeit begann zu drängen.

Ich war nahezu fertig, aber etwas in mir sträubte sich, diese Fahrt ins Ungewisse anzutreten. Draußen vor dem Haus stand ein Gleiter, der uns zu einer Transmitterstation bringen sollte. Schon bei dem Gedanken an den Transmitter wurde mir ganz übel zumute. Und ich dachte an Alaska Saedelaere, den Mann, der während eines Transmittersprungs mit einem anderen Lebewesen im Hyperraum kollidiert war. Zugegeben, das war der einzige dokumentierte Fall dieser Art in einer mehr als tausendjährigen Geschichte. Aber dennoch – ich wurde das beklemmende Gefühl nicht los, daß mir dieser Transmittersprung nicht gut bekommen würde.

Es wäre doch eine vorzügliche Gelegenheit für Rhodan gewesen, mich diskret loszuwerden . . .

„Kommst du?" rief Agape. „Der Gleiter wartet schon . . ."

Mit langen Blicken nahm ich Abschied von meinem Heim. Ich wußte plötzlich, daß ich es nicht wiedersehen würde. Wozu auch – meine Heimat würde das Weltall sein, die durch nichts beengte Ewigkeit des freien Raumes.

Und ich wußte, daß ich über diese Ewigkeit herrschen würde, vorausgesetzt, ich überlebte den Transmittersprung nach Abrary. Vielleicht war es sogar gut für mich, wenn ich auf dem Planeten der ständigen Kontrolle durch Rhodan und dessen Mitarbeiter entzogen war.

Ich hatte zwar ziemliche Mühe, die Körperausdünstungen von Agape zu ertragen, als ich neben ihr in dem Gleiter saß, aber abgesehen davon war ich recht zufrieden mit mir. Ein Gefühl ungeheurer Stärke erfüllte mich, ein Bewußtsein meiner Kraft, wie ich es nie zuvor empfunden hatte.

In gewisser Weise, so konnte man sagen, fühlte ich mich stark genug, nach den Sternen selbst zu greifen.

Und was ich einmal in Besitz genommen hatte, das würde ich nie wieder hergeben . . .

9.

Auf den ersten Blick sah alles normal aus. Transmittersprünge waren in Imperium Alpha schließlich an der Tagesordnung. Aber mit meinem feineren System der Wahrnehmung konnte ich sofort die innere Anspannung spüren. Die Menschen in meiner Nähe, Terraner und Galaktiker, bewegten sich wie Verschwörer, wie Teilhaber eines geheimen Wissens.

Und nach Lage der Dinge konnte es nur einen Gegenstand für diese Verschwörung geben, mich.

Ahnte Rhodan etwas davon, daß ich ihm nicht mehr traute, daß ich seine schurkischen Pläne durchschaute? Er gab sich locker und unverkrampft, aber mich konnte er damit nicht täuschen. Meine Wahrnehmung war zu fein. Ich sah die Blicke, die die Menschen wechselten, die Blicke, die mich trafen und unverkennbar Angst ausdrückten. Mir konnte man nicht erzählen, daß die Stimmung in der Transmitterzentrale normal war. Nicht mir . . .

Die Nervosität hatte nicht nur die Menschen in meiner

Umgebung befallen. Auch ich war dieser Stimmung erlegen. Ich spürte, daß meine Hände kalt und feucht waren vor Aufregung. Am Hals der Mykologin konnte ich in der *arteria carotis* das Blut pulsieren sehen; ihr Puls ging schnell. Und immer wieder sah sie mich sorgenvoll an.

„Bereit?" fragte Rhodan.

„Natürlich", sagte ich gelassen. Es war eine Lüge. Von Sekunde zu Sekunde wuchs in mir die Angst. Mein Puls raste, ich mußte die Kiefer aufeinanderpressen, um mich nicht zu verraten.

„Dann los . . ."

Rhodan ging voran, dann kam Bully. Als dritter schritt ich auf den energetischen Boden zu, dessen Feld mich in einem Zeitraum kürzer als ein Augenzwinkern mehr als zehntausend Lichtjahre weit befördern würde, durch ein Kontinuum . . .

Durch ein Kontinuum, das ich nur zu gut kannte. Durch mein Kontinuum . . .

In mir strafften und spannten sich alle Muskeln. Mit aller Kraft, die mir zu Gebote stand, wollte ich mich nach hinten werfen, bevor das Feld mich erfassen und vernichten konnte.

Aber der Impuls kam zu spät. Meine Muskeln gehorchten mir nicht mehr richtig, und mit aufschießendem Entsetzen nahm ich wahr, wie sich das Extrahirn meines Körpers bemächtigte und mich – gegen meinen erklärten Willen – den entscheidenden Schritt tun ließ. Um mich herum wurde die Welt langsam, aber sicher transparent. Und das erinnerte mich an etwas – an die Ereignisse an Bord der RA-perfekt, so geschehen im Jahr 3821 in der Nähe des Jetstrahls der Galaxis Alkordoom.

Ich stieß einen Schrei aus, dann versank die Welt für mich in einem Wirbel des Undefinierbaren.

Da war Licht, eine grellweiße Erscheinung inmitten der dichtesten und kompaktesten Schwärze, die man sich nur vorstellen konnte. Und ich entfernte mich von diesem Licht. Es tat weh.

Meine Gliedmaßen fühlten sich an, als würden sie auseinandergezerrt, in alle Richtungen der Windrose. Das schmerzte nicht, es ließ im Körper vielmehr ein Prickeln entstehen, ein warmes, kuscheliges Gefühl.

Ich wußte, ich war im Hyperraum, und obwohl ich auch wußte, daß ich Angst haben mußte, fühlte ich mich wohl. Es war warm, alles wohlvertraut und bekannt, kein Grund, sich irgendwelche Sorgen zu machen.

War dies nicht mein Reich, mein eigenes, nur mir bekanntes und untertanes Universum? War es nicht so, daß ich hier die einzige unumschränkte Macht hatte – und daß in mein Belieben gestellt war, meine Macht aus dieser Sphäre heraus auszubreiten und zu vervollkommnen?

Ich spürte, wie ich mich ausbreitete, immer größere Teile dieses Universums durchdrang und mit mir selbst erfüllte. Denn ich war so wie dieses Universum – grenzenlos.

Ohne Grenzen meine Größe, ohne Ende meine Macht, nirgendwo beginnend, nimmer endend.

Ich.

ICH.

I C H lebe.

Und ich bin der Kosmos, die Welt, das Universum. Ich bin unbegrenzt, unerschöpflich, unsterblich. Ich erfülle diesen Raum mit meiner Macht und Größe, zu der es keinen Vergleich gibt.

Denn ich bin einzig.

Ich bin . . .

I C H.

Und jäh schießt das Licht auf mich zu, weißes, grelles, brennendes Licht. Es martert meinen Körper, durchdringt meinen Geist, verwirrt meine Gedanken. Sie verlieren ihren Zusammenhang, verbinden sich mit etwas gräßlich Fremdem zu einer widerwärtigen Einheit aus Kleinheit und fleischlicher Enge. Ich spüre, wie meine Größe eingekeilt wird von der Begrenztheit dieses zweiten Wesens, das mir mit Licht zusetzt und mit seinen Gedanken.

Kleine Gedanken sind es, schmutzige Gedanken, erfüllt von niederen Empfindungen, von Angst und Sorge, die immer eingesperrt und begrenzt sind, Gedanken von Geduld und Demut.

Hinnehmen ...

Das Wort schießt in mir auf. Hinnehmen ... Ein Gedanke, der mir fremd ist. Ich nehme nichts hin. Ich brauche mich nicht zu fügen. Ich kenne keine Grenzen und Engen. ICH bin ICH, und ich bin so grenzenlos wie das Universum, das mir gehört.

Nichts brauche ich hinzunehmen. Geduld, Durchhaltevermögen – das sind keine Begriffe für mich. Es sind die Ausgeburten eines Geistes, der nie zur einsamen Höhe meiner Wesenheit aufsteigen wird, weil er beschränkt ist auf einen einzigen Körper, einen schwachen, fleischlichen Leib mit all seinen Beschränkungen.

Und mit seinem Tod ...

Ich sterbe nicht. Da, wo ich bin, gibt es keinen Tod, jedenfalls nicht für mich. Nur für die, die sich mir in den Weg zu stellen erfrechen ...

Aber das Licht bleibt da.

Und ich habe Schmerzen. Ich werde gezwungen, man tut mir Gewalt an. Eine unerklärliche Macht greift nach mir, und ich weiß nicht, wie ich mich dieser Macht entziehen kann.

Ich weiß es.

Er ist es, er, den ich längst überwunden habe in seiner

elenden Schwäche. Er setzt mir Widerstand entgegen, geistigen Trotz. Er ist das Licht, daß die feuchte Wärme durchdringt mit seiner grellen Kälte. Er ist es.

Aber ich werde ihn hinwegrollen. Ich werde ihn spüren lassen, mit wem er sich eingelassen hat. Er wird seine Ohnmacht auskosten.

Bis zur Neige . . .

Die Schmerzen waren kaum auszuhalten. Wie durch einen Nebel nahm ich wahr, daß jemand nach mir faßte, mich festhielt, und dann hörte ich das leise Zischen einer Injektionspistole.

Von der Injektionsstelle breitete sich eine Hitzewelle aus, die durch meinen Körper raste.

„Ich . . .", hörte ich eine Stimme schreien, sich überschlagend, mit einem Tonfall, der nach Grauen und Entsetzen klang. Und im Hintergrund meiner Empfindung wußte ich, daß ich es war, der mit sich überschlagender Stimme schrie:

„Tötet!" schrie ich. „Tötet ICH!"

Es gab einen Teil von mir, der ruhig und besonnen war; dieser Teil konnte klar nachdenken und war sich seiner selbst bewußt. Und da war ein anderer Teil, der verrückt war vor Angst, ein Teil, der sich in Schmerzen wand und immer wieder schrie.

Und da war noch ein Teil – ein unsagbar fremder Teil, der erfüllt war von Haß und Wahnsinn, von Gier und von Gedanken, die so weit jenseits einer menschlichen Vorstellungskraft lagen, daß man beim Nachvollziehen den Verstand zu verlieren glaubte.

„Ruhig bleiben, Atlan", hörte ich jemanden sagen. Es war Rhodan. „Wir bekommen das schon hin . . ."

Langsam ließen die Schmerzen in meinem Körper nach. Als ich die Augen öffnete, die ich bis dahin zusammengepreßt hatte, erkannte ich das Gesicht von

Agape Blaschke. Sie war sehr blaß und sah angegriffen aus.

„Was ist passiert?“ fragte ich. Meine Stimmbänder schmerzten. Wie gut das Lächeln der Mykologin mir tat . . .

„Dein Transmittersprung . . .“, sagte Rhodan halblaut. Er hatte sich neben mich gekniet – (und jetzt begriff ich, daß ich auf dem Boden lag) – und hielt meine Hand. Ich konnte spüren, daß er ein wenig zitterte. „Du warst minutenlang verschwunden, und dann, als du auf Abrary auftauchtest . . .“

Ich wandte den Kopf, um in Rhodans Gesicht sehen zu können. Der Schmerz war jetzt verschwunden. Aber das nackte Grauen saß mir im Nacken. Und Rhodan mußte es spüren können.

Rhodan stockte.

„Es war kein Anblick, den man gern schildern möchte“, sagte er dann leise. „Wie geht es dir jetzt?“

Ich nickte mühsam und richtete mich auf. Ein Ächzen konnte ich dabei nicht unterdrücken.

„Wie habe ich ausgesehen?“ fragte ich. Rhodan zögerte abermals.

„Schrecklich“, sagte er dann. „Wie eine schwarze, schleimige Masse, eine zuckende Gallerte. Wir dachten schon . . .“

Agape lächelte unter Tränen.

„Ich war auch nahe daran“, sagte ich. „Und dann – laßt euch doch nicht jedes Wort aus der Nase ziehen . . .“

„Dann kam langsam Struktur in diese Masse“, berichtete Reginald Bull. „Also ehrlich, mir ist fast speiübel geworden, als ich das Zeug sah. Tja, und aus dem Zeug bist du dann geworden. Hat ungefähr zwei Minuten gedauert, und das war verflucht lange, glaub’ mir.«

Rhodan sah mir forschend ins Gesicht.

„Was hast du zu der Angelegenheit zu sagen?“ fragte

er. „Ich sehe dir an, daß es hinter deiner Stirn brodelt. Was ist passiert?“

Ich zuckte die Schultern.

„Ich weiß es nicht“, sagte ich. „Keine Ahnung ...“

Auf Rhodans Stirn tauchte wieder die steile Falte auf, die anzeigte, daß er angestrengt nachdachte.

„Und das Extrahirn, dein fotografisches Gedächtnis ...“

Ich antwortete nicht. Daß ich erschrak, sehr blaß wurde und mich vorsichtshalber an Rhodan festhielt, sagte ihm wohl genug.

Ich hatte – und das wurde mir erst in diesem Augenblick bewußt – seit Tagen, seit Wochen ... Ich wußte nicht einmal mehr, seit wann sich der Extrasinn nicht mehr bemerkbar gemacht hatte. Es war, als habe es nie dieses Zusatzorgan gegeben.

„Nichts?“ fragte Rhodan. Ich senkte den Blick, schüttelte den Kopf.

„Nichts“, sagte ich dumpf, und mir war zumute, als müßte ich mein eigenes Todesurteil verkünden ...

Rhodan versetzte mir einen aufmunternden Klaps auf den Rücken.

„Das wird sich geben“, sagte er. Als Lügner war er noch nie sehr gut gewesen, auch jetzt nicht. „Spann erst einmal aus. Laß dir die Sonne auf den Bauch scheinen, schlafe viel und erhole dich. Dieser Planet wird dir gefallen ...“

Zum ersten Mal nahm ich bewußt wahr, daß wir inzwischen auf Abrary angekommen waren. Es war angenehm warm, eine sanfte Brise wehte, exotische Bäume ließen ihre Blätter im Wind wiegen. Und in geringer Entfernung erklang das Rauschen von Wogen.

Ich machte ein paar Schritte in Richtung dieses Geräuschs. Der Himmel war klar, nur einige wenige grünliche Wolken trieben über einen seltsam gelben Himmel. Safrangelb – ein ziemlich ungewöhnlicher

Anblick. Das Wasser war klar, hatte aber einen kräftigen rötlichen Schimmer.

„Eine ziemlich bunte Welt“, stellte ich fest. Rhodan nickte.

„Nichts für den Massentourismus“, sagte er grinsend. „Ein Tip unserer Wissenschaftler – alles, was blau aussieht, kann gegessen werden. Und Finger weg von rötlichen Früchten – die sind in der Regel giftig.“

Unwillkürlich sah ich nach oben. Irgendwo über dem safrangelben Himmel bewegte sich ein Raumschiff von der Erde in einem stabilen Orbit, vollgepackt mit allem, was die moderne Zivilisation des Jahres 425 NGZ zu bieten hatte.

„Laß dir Zeit“, sagte Rhodan noch einmal. „Wir haben Zeit genug – schließlich schreiben wir erst 425 NGZ ...“

Jetzt erst begriff ich. Rhodan spielte auf die Ereignisse an, die ich berichtet hatte. Den Jet-Traum von Alkordoom.

Damals hatte ich das Ganze nur für eine Art Halluzination gehalten, absonderlich, aber nicht weiter ernst zu nehmen. Aber jetzt ...

Ich sah Perry Rhodan an. In den grauen Augen des Terraners funkelte leiser Spott.

„Wir haben soviel überstanden, wir werden auch dies überstehen“, sagte er. „Solange auf unseren Zellaktivatoren nicht plötzlich ein Verfallsdatum auftaucht, mache ich mir keine großen Sorgen ...“

Ich fiel in das Lachen ein. Es tat gut, zu lachen.

ICH konnte nicht lachen, fiel mir ein. ICH konnte vieles nicht, was andere lebende Wesen konnten.

Aber ICH lebte.

Und ich war ICH ...

Und würde es bleiben ...

10.

Der Bach kam hoch von den Bergen her und führte schaumgekröntes, weißes Wasser die Hänge hinab. Durch dichte Wälder schlängelte sich der brausende Bach und ergoß sich schließlich unmittelbar ins Meer. Einen großen Teil der Strecke konnte man mit bloßem Auge verfolgen; der Bach schnitt eine deutliche Schneise in das dichte Blaugrün der Urwälder, die meine Insel bedeckten.

Rhodans Fachleute waren fest davon überzeugt, daß der Vulkan, dessen Gipfel mit Schnee bedeckt war, seit Jahrtausenden erloschen war. Dennoch erfüllte mich der Anblick dieses Berges immer wieder mit Sorge, und das Idyll, das ihn umgab, konnte mich nicht über die Gefahr hinwegtäuschen, die tief in seinem Innern noch zu finden war.

Drei Tage waren seit meiner Ankunft auf Abrary vergangen. Drei Tage voll Meer und Sonnenschein; ich hatte seit langem keinen so erholsamen Urlaub mehr verbracht. In den Nächten konnte ich die kristallene Klarheit des Himmels über Abrary bewundern, die glitzernde Kruste der Milchstraße, die den Himmel überzog und die warme, pfirsichgleiche Haut von Agape Blaschke, der Mykologin.

Es war mehr als genug, einen Mann glücklich zu machen; aber für mich genügte es nicht.

Denn wir waren keinen Schritt weitergekommen.

Noch immer breitete sich der Pilz in meinem Körper aus. Ab und zu entnahm mir Agape eine Blutprobe und untersuchte sie gründlich. (Rhodan hatte eine komplette Forschungsstation auf der Insel absetzen lassen; in solchen Dingen war er wahrhaftig nicht kleinlich.)

Die heimliche Invasion meines Körpers ging weiter voran; inzwischen hatte der unheimliche Pilz bereits mehr als dreißig Prozent meines Körpers durch Zellen ersetzt, die ihm zuzuordnen waren. Aber das war nur anhand der gentechnischen Analysen zu erkennen. Weder der Zellaktivator noch ein anderer Indikator zeigte etwas von der unheilvollen Verwandlung an, deren Ziel und Opfer ich war.

Agape hatte gar nicht erst versucht, mir mit irgendwelchen Medikamenten zu helfen; in diesem Fall half Chemotherapie nicht, und auch die anderen Hilfsmittel der modernen Medizin versagten.

Ich lag auf dem Bauch, spürte die Strahlen der Sonne auf meinem Rücken und hörte dem steten Plätschern des Baches zu. Ein leises Knirschen im Sand verriet mir, daß Agape näher kam.

Ich hatte den Kopf in den Armen vergraben und blieb so liegen. Agape streckte sich neben mir im warmen Sand aus. Ich konnte förmlich hören, wie sie lächelte, als sie eine Handvoll Sand auf meinen Rücken rieseln ließ.

„Irgendwelche Neuigkeiten?" fragte ich und richtete mich auf.

Agape war Medizinerin, und sie kannte mich inzwischen recht gut. Dennoch zuckte sie jedesmal zusammen, wenn sie meinen Bauch sah und die häßlichen Narben darauf. Ich hatte ihr erklärt, daß ich im Lauf meiner Odyssee auf dem Planeten Erde ein paar Mal durch die Umstände dazu gezwungen gewesen war, meinen Zellaktivator zu schlucken, um ihn vor gierigen Händen in Sicherheit zu bringen. Und damals war die Medizin auf der Erde sehr primitiv gewesen – die Narben zeugten davon.

„Nichts Neues", sagte Agape. „Wenigstens nichts, was dich beruhigen oder dir gar helfen könnte."

„Was immer es ist – erzähle", sagte ich. „Auch Kleinigkeiten können von Wichtigkeit sein . . ."

Und dabei dachte ich an die Fähigkeit des Extrahirns, des Logiksektors vor allem, aus den kleinsten Hinweisen Schlüsse auf größere und komplexere Zusammenhänge zu ziehen. Zu meinem Extrasinn hatte ich keinen Kontakt mehr ...

Vielleicht war er, so schoß es mir durch den Kopf, längst zum Feind übergelaufen.

„Ich habe Proben von dem Pilz zur Zucht angesetzt", berichtete Agape. „Es hat geklappt, der Pilz vermehrt sich im Labor. Seinen Vermehrungsrhythmus habe ich ebenfalls ermittelt – ziemlich genau einhundert Stunden, etwas mehr als vier Tage."

Ich wartete auf den Impuls des Extrasinns, aber der blieb aus. Also mußte ich meine Ganglien auf normalem Weg bemühen ...

„Es stimmt", sagte Agape leise. „Ich habe es nachgerechnet. Deine Schübe fallen immer in eine Vermehrungsphase des Pilzes. Und sie werden mit jedem Mal schlimmer, je mehr der Pilz sich in dir ausbreitet. Und noch etwas ..."

Agape sah mich an und lächelte.

„Es ist Futter für deine Eitelkeit", sagte sie dann. „Aber dieser spezifische Pilz ist nicht imstande, andere Lebewesen so zu übernehmen, wie er es bei dir tut ..."

Ich richtete mich auf.

„Was soll das heißen?"

Agape leckte sich die Lippen.

„Der Prototyp dieses Pilzes stammt aus der Galaxis Vayquost", sagte sie dann. „Wir haben Vergleichsmuster, daher bin ich mir meiner Sache sicher. Aber der Pilz ist ein primitives Lebewesen, das normalerweise Verdorbenes befällt ..."

„Danke", sagte ich sarkastisch.

„Keinesfalls Menschen oder höhere Intelligenzwesen", fuhr Agape fort.

Ich mußte an die Geduld denken, die sie aufbrachte, ebenso wie Rhodan, Bully und die anderen, die von dem Fall wußten und damit beschäftigt waren. In meinen Anfällen war ich ihnen gegenüber mißtrauisch, abweisend, schroff und beleidigend. Aber, gleichgültig, wie sehr ich ihnen auch zusetzte – sie hielten zu mir. Rhodan und die anderen waren vieles gewöhnt; sie hatten ja ebenfalls schon viele Jahrhundert eines sehr aufregenden, abenteuerreichen Lebens auf dem Buckel. Aber Agape schöpfte nicht aus dem Reservoir solcher Erfahrung; sie nahm die Kraft für ihre Geduld und unerschütterliche Zuneigung aus anderer Quelle. Und ich war ihr dankbar dafür. Denn mit meinem Körper übernahm der Pilz auch meinen Lebensmut; die Krankheit machte mich depressiv.

„He, hörst du überhaupt zu?“ fragte Agape und schüttelte mich an der Schulter. Ich schrak aus meinen Gedanken auf. Auch meine Aufmerksamkeit und Konzentration hatte gelitten.

„Ich bemühe mich“, antwortete ich schnell.

„Ich sagte gerade“, fuhr Agape fort, „daß dieser spezifische Pilz sozusagen speziell für dich bestimmt gewesen ist . . .“

Langsam sickerten ihre Worte durch mein Gehirn, bis sie sich dort festsetzten. Ich brauchte eine halbe Minute, in der mein Mund offen stand, bis ich wirklich begriffen hatte, was Agape mir sagte.

„Speziell für mich?“

Agape nickte.

„Auf den ersten Blick nicht“, sagte sie dann schnell. „Aber bei näherer Betrachtung . . .“

Sie suchte nach Worten.

„Stell dir deine DNA wie ein Spezialwörterbuch in einer dir unbekannten Sprache vor“, sagte sie dann. „Es dient dazu, dein Leben aus einer befruchteten Eizelle entstehen zu lassen und zu erhalten. Du kannst es auch mit einem hochentwickelten Betriebssystem für einen Computer vergleichen. Nun können in diesem Wörterbuch Fettflecken auftauchen, Schmutz, jemand könnte darin radieren. All das kann natürlich schwerwiegende

Folgen für das gesamte System haben. Aber diese Eingriffe wären vergleichsweise plump und vor allem nicht zu übersehen. Anders wäre der Fall, würde jemand irgendwelche Buchstaben aus deiner Gensprache in deine DNA einstreuen – wie immer das auch technisch zu machen sein würde. Diese Beimischungen hätten fatale Folgen, weil damit der ganze Code durcheinander wäre. Es sei denn . . ."

Agape machte eine Pause, und ich spürte einen Schmerz in meiner Brust, der in den linken Arm ausstrahlte und mir fast den Atem nahm.

„Es sei denn", fuhr Agape fort, „daß diese scheinbar zufällig eingestreuten Gen-Informationen so ausgesucht sind, was die Buchstaben und den Platz angeht, an dem sie in deine DNA eingebaut werden, daß dieser neue Text einen Sinn ergibt."

Ich begriff, was sie sagen wollte.

„Es ist", versuchte ich nun meinerseits, den „Zufall" anschaulich zu machen, „als würden die Druckfehler, die jemand angeblich zufällig in einen Kriminalroman einstreut, ebenso zufällig den Sinn so ändern, daß ein anderer Täter dabei herauskommt . . ."

Agape nickte.

„Es gibt angeblich einen Roman, in dem kommt kein einziges Mal – außer im Namen des Autors – der Buchstabe *‚E'* vor. Ein literarisches Kuriosum – und ganz bestimmt wird niemand glauben, daß dies ein Zufall ist . . . ebensowenig ist es ein Zufall, daß dieser schreckliche Pilz imstande ist, mit deinem Körper regelrecht zu verschmelzen . . ."

Ich holte tief Luft. An der Kälte, die ich in meiner Magengrube und im Gesicht spüren konnte, ließ sich ablesen, wie sehr mir der Schreck in die Glieder gefahren war.

„Programmierte Gene?" fragte ich.

Agape nickte.

„Dieser Mimikry-Pilz“, fuhr sie fort, „ist von jemandem maßgeschneidert worden, für dich und sonst niemanden in den Weiten des Alls.“

Ich holte tief Luft. Diese Nachricht war ungeheuerlich.

Dann sah ich Agape sehr intensiv an.

„Wie lange würdest du brauchen?“ fragte ich, „du und eine größere Gruppe fähiger Kollegen, um so einen Pilz zurechtzuschnitzen . . .“

Agape preßte die Lippen aufeinander.

„Länger als ein Menschenleben währt“, sagte sie dann. „Selbst mit allen Hilfsmitteln der Technik. Ich müßte deinen Körper untersuchen, deine DNA – und das wieder und wieder und wieder. Ich müßte mit Blutproben, mit Proben von deinem Zellgewebe experimentieren, ob die Mimikry gelungen ist. Ich müßte Tausende, vielleicht Millionen von Mikroorganismen aussuchen, durchprüfen, Experimente damit ansetzen, sie mit deinem Zellgewebe konfrontieren . . .“

Ich runzelte die Stirn.

„Das hört sich nicht nach dem Stand der Wissenschaft im Jahre 425 NGZ an“, bemerkte ich.

Agape lächelte traurig.

„Natürlich kann man mit Technik eine Menge erreichen, und bei einem so prominenten Menschen wie dir würde man sicherlich weder an Material noch an Personal sparen. Aber der größte Teil dieser Forschung besteht aus natürlichen Entwicklungs- und Wachstumsschritten, die nacheinander ausgeführt werden müssen. Das aber läßt sich nicht beschleunigen. Auch im 5. Jahrhundert NGZ dauert eine Schwangerschaft rund neun Monate . . .“

Sie brauchte nicht weiterzusprechen.

Mein Verdacht war also richtig.

Es gab für alle diese Vorgänge nur eine Erklärungsmöglichkeit – Verrat.

Und es gab nur einen Ort und eine Zeit, eine Kombination von Umständen, die so beschaffen waren, daß die von Agape genannten Bedingungen zutrafen – jene Zeit, fast 200 Jahre hatte sie gewährt, in der ich schlafend als Orakel von Krandhor im Dienst der Kosmokraten gestanden hatte. (Von einigen Ausflügen nach Alkordoom, Manam-Turu und anderen entfernten Bereichen des Universums einmal abgesehen).

Dort auf Kran hatte man Zeit und Muße genug gehabt, dieses ungeheuerliche Komplott zu schmieden.

Man? Wer war man? Wer hatte sich in dieser Zeit an meinem Körper vergriffen, der im Tiefschlaf gelegen hatte. Wer hatte die Macht und die Mittel, den Forschungsapparat aufzubauen und zu unterhalten, das Schweigen aller Beteiligten zu gewährleisten?

Wer, so fragte ich mich, hatte das Kaliber, eine solche Schurkentat ins Werk zu setzen?

Mir fiel niemand ein. Ich spürte nur sehr deutlich, daß Agape mit ihrem gräßlichen Verdacht recht hatte.

Und niemand brauchte mir zu sagen, was das für mich als Konsequenz bedeutete.

Ich stand langsam auf.

„Was hast du vor?“ fragte Agape.

„Ich gehe schwimmen“, sagte ich langsam und lächelte dazu. Seltsam, die Angst war plötzlich verschwunden. „Und danach werde ich eine Entscheidung treffen . . .“

„Was für eine Entscheidung?“ wollte Agape wissen.

Ich antwortete wieder mit einem Lächeln. Die Anspielung würde sie nicht verstehen. Da mir das Extrahirn nicht mehr zur Verfügung stand, wußte ich selbst nicht mehr, auf welche der großen Gestalten der Erde sich diese Anekdote bezog. Augustinus vielleicht?

„Ob ich noch ein Apfelbäumchen pflanzen soll oder nicht“, sagte ich und machte die ersten Schritte ins Wasser hinein.

Das Wasser war kalt, der Seegang ziemlich heftig. An

genußvolles Schwimmen war nicht zu denken. Was ich machen konnte, war, ein kurzweiliges Spiel mit den anbrandenden Wellen zu spielen.

Ich setzte mich einfach in das flache Wasser am Strand, ließ die Wellen bis in Bauchnabelhöhe an meinem Körper heraufspülen und wieder ablaufen. Und so stark war der Sog des ablaufenden Wassers, daß es mich packte und mitschleifte, und das mit so unwiderstehlicher Gewalt, daß ich kaum etwas dagegen machen konnte und mir das Sitzfleisch auf dem Sand des Meeresbodens fast wund schürfte.

Es tat gut, diese ungeheure Kraft zu spüren, die in dem Auf und Ab der Wellen lag. Es tat gut, die Macht der Natur zu spüren, die sich auch darin zeigte, zu spüren, daß ich mit dieser Kraft leben konnte. Daß ich sie unterlaufen, ja sogar für mich ausnutzen konnte ...

Die Lust, in dieser Brandung herumzutoben wie ein Kind, war stark; dennoch empfand ich sie im Hintergrund meiner Wahrnehmung als ein wenig fremd.

Ich ahnte es, daß diese Freude am Tosen der Wellen etwas mit dem Problem zu tun hatte, mit dem ich mich herumschlug. Aber ich bekam den Zusammenhang nicht zu fassen.

Noch nicht?

Ich jagte eine knappe Stunde lang in den Wellen umher, kämpfte gegen die weißschäumende Gischt an, haschte mit bloßen Händen nach den buntschillernden Fischen in der Lagune und sammelte ein paar Muscheln für das nächste Essen.

Danach fühlte ich mich körperlich zerschlagen, aber geistig fit und regsam. Und ich hatte meinen Entschluß gefaßt.

Agape und ich saßen am Strand, aßen Muscheln und Früchte, tranken dazu Wein aus den Vorräten und sahen zu, wie die Sonne von Abrary langsam unterging. Auf einem Planeten, der ohnehin schon reichlich bunt war, wirkte dieser Sonnenuntergang fast kitschig.

Agape ging auf das Thema meiner Krankheit nicht ein. Es war bewundernswert, wie ruhig und gefaßt sie blieb, wie sehr sie sich auf das konzentrieren konnte, was in dem jeweiligen Augenblick wichtig war.

„Nun?"

Ich sah sie an. Ihre Augen waren groß und weit geöffnet. Ich sah das Weiße darin schimmern, ich sah das Schwarz der Pupille. Und ich sah die Frage in diesen Augen.

„Ich werde die Sache mit Perry besprechen«, sagte ich leise. „Er wird übermorgen kommen . . ."

Übermorgen.

Agape wußte es so gut wie ich. Übermorgen war wieder ein Schub fällig. Danach, das hatten Agapes Untersuchungen erwiesen, würde der Pilz gleichsam die Mehrheit in meinem Körper übernommen haben. Und dann spätestens würden wir auch wissen, wozu dies alles dienen sollte, wo der Zusammenhang war.

Denn so grauenvoll die Vorgänge auch waren, die sich in mir abspielten, so wenig wußten wir, welcher Plan dahinter steckte. Wir besaßen von diesem Mosaik des Grauens nur einige wenige Steine, die nicht einmal gut zusammenpaßten; davon, wie dieses Bild wirklich aussah, welcher Entwurf ihm zugrunde lag, besaßen wir keinerlei Vorstellung.

Eines sagte mir meine Ahnung, erworben in zwölf Jahrtausenden Umgang mit diesen Barbaren vom Planeten Terra – hinter dem noch unbekannten Plan steckte die Absicht eines Verbrechens. Ein Schurkenstreich, der, wie ich befürchtete, vom kosmischem Ausmaß war.

Und – nebenbei – mit nahezu unumstößlicher Gewißheit tödlich für mich.

Er kam passend zum Abendessen, und er brachte ein paar Flaschen Wein mit. Am Horizont tauchte die glühende Scheibe der Sonne Abrary in das purpurn schimmernde Meer ein. Der Wind wehte von Land her, trug den Geruch nach Blumen und überreifem Obst hinunter zum Strand. Ich hatte ein Feuer angefacht und einen Grill improvisiert.

„Du wirst dich wie zu Hause fühlen, Barbar", sagte ich. Ich sah, wie Agape und Rhodan einen raschen Blick wechselten, und lächelte.

„Keine Sorge", fuhr ich fort. „Ich bin noch normal. Ich habe noch eine Stunde Zeit. Also laßt uns essen."

Der Wein, den Rhodan besorgt hatte, war gut. *413er Château Latour.* Auch der Braten war gut. Wir aßen in Ruhe, sprachen über die Erde, das Wetter, über Belanglosigkeiten. Es ging um mein Leben, vielleicht um Leben und Freiheit vieler anderer Lebewesen. Und wir plauderten, als gäbe es von hier bis M 87 keinerlei Probleme für uns. Vielleicht war das Leben nur so zu ertragen.

Ich trank den Wein in kleinen, genießerischen Schlukken. Er paßte gut zu dem Braten und harmonierte sogar mit dem einheimischen Obst.

Rhodan betrachtete versunken den dunklen Purpur in seinem Glas, lehnte sich gegen den Stamm eines palmenähnlichen Baumes. Der Terraner sah zufrieden aus. Die Sonne, die gerade noch über den Horizont ragte, ließ die Konturen seines Gesichts scharf hervortreten.

Dann wandte er den Kopf und sah mich an.

„Agape hat dir alles gesagt?" fragte ich. Rhodan nickte. „Gut so . . ."

Ich legte eine kleine Pause ein. Ich wandte den Kopf, sah hinaus auf die ersterbende Glut des Abends und schenkte der Natur zum Ausgleich für alle diese Kostbarkeiten ein paar von den letzten Sekunden meines Lebens. Ich fand, ich hatte damit einen guten Handel gemacht . . .

„Wir haben Kontakt aufgenommen“, sagte Rhodan leise.

„Mit Kran?“

„Mallagan“ – das war das neue Orakel, mein Nachfolger in diesem Amt – „sagt jede Unterstützung zu.“

„Aha!“

Hinten, am Ende des Horizonts, kochte die See in Farben. Ich konnte den Blick nicht davon wenden. Und wir geizten mit Worten, als müßten wir mit Blut dafür zahlen.

„Gut so“, sagte ich. „Gut.“

Ich spürte Agapes Hand auf meinem Knie.

Agape war jung, gescheit und schön. Sie wußte, wie es um mich bestellt war, und wahrscheinlich ahnte sie auch schon, zu welchem Entschluß ich gekommen war. Ihre Hand war warm und trocken. Und sehr ruhig.

Ich drehte mich um, sah Rhodan an.

„Machen wir es kurz“, sagte ich. „Ich sehe für mich keine Chance mehr. Und ich weiß nicht, was aus mir wird, wenn dieser Pilz mich vollkommen in seiner Gewalt hat.“

Rhodan nickte und nahm einen Schluck von dem Wein.

„Das weiß niemand“, sagte er. „Wir nicht, und du auch nicht.“

Ich lächelte.

„Keine falschen Hoffnungen, Terraner“, sagte ich. *Terraner* – das sollte ihn daran erinnern, daß er Verantwortung trug. Verantwortung, die schwerer wog als eine Freundschaft, auch wenn diese Freundschaft sich nach Jahrhunderten bemaß. „Wer immer sich diese Mühe mit mir und diesem elenden Pilz . . .“

Ein scharfer Schmerz zuckte durch meinen Körper. ICH war da. Und ICH duldete nicht, daß schlecht von ICH gesprochen wurde.

Rhodan legte die Stirn in Falten, Agape biß sich auf

die Lippen. Offenbar war ich doch zusammengezuckt. Es tat nicht nur so weh, es schmerzte auch, daß ICH inzwischen stärker geworden war als ich. In meinem eigenen Körper . . .

Nein, es war nicht mehr mein Körper. Er war jetzt zu mehr als fünfzig Prozent ICH, und ich hauste in diesem Leib zur Untermiete.

Und nach Lage der Dinge stand wohl meine Kündigung bevor . . .

„All das ist nicht geschehen, um mir einen Streich zu spielen“, sagte ich. „Dahinter stecken andere Interessen.“

Rhodan nickte.

„So sehe ich es auch“, sagte er.

Langsam, aber sicher kamen wir auf den Punkt. Ich leckte mir die Lippen.

„Ich möchte nicht warten“, sagte ich. „Nicht solange, bis das hier“ – ich schlug mir mit der flachen Hand auf Brust, Bauch und Beine – „sich als schwarze Gallerte am Strand wälzt und mit den Quallen paaren will.“

„Das verstehe ich“, sagte Rhodan. „Und was hast du vor zu tun . . .?“

Warum fragte er das? Würde er in meiner Situation anders handeln? Solange warten, bis er nicht mehr als Individuum zu erkennen war? Würde er wirklich solange warten? Wohl kaum. Er würde es machen wie ich . . .

Eine kurze Sekunde, nicht mehr als die Bewegung eines Fingers . . .

Und dann . . .

Ich bäumte mich auf. Ein gräßlicher Schrei drang über meine Lippen, meine Glieder verrenkten sich.

Die Schmerzen waren furchtbar, nicht zu ertragen. Es fühlte sich an, als würde ich langsam in kochendem Öl gesotten. So grauenvoll war diese Qual, daß ich hintenüberfiel und schrie . . .

Ich schrie und schrie und schrie . . .

Niemals wieder, meldete sich der Extrasinn, *niemals wieder wirst du so etwas sagen oder tun. Du wirst es nicht einmal mehr denken, verstehst du, nicht einmal mehr denken . . .*

„Erbarmen“, brachte ich über die Lippen. Ich wälzte mich auf dem Boden, krallte meine Hände in den heißen Sand, spürte ihn zwischen den Zähnen knirschen.

Von einem auf den anderen Augenblick änderte sich alles. Der Schmerz war verschwunden. Ich fand mich selbst wieder, auf dem Bauch liegend, das Gesicht in den Sand gepreßt.

Und Perry Rhodan hielt meine linke Hand umklammert.

„Laß los!“ stieß er hervor. Ich drehte mich halb um, sah ihn an.

„Was soll das?“ fragte ich. „Laß mich los, Perry, es ist vorbei . . .“

„Ist es das?“ fragte Rhodan, und er ließ meine Hand los. Er deutete auf die Faust, die ich gemacht hatte. „Ist es das?“

Ich starrte auf meine linke Hand, auf die Faust. Stickiger, stinkender Rauch quoll zwischen meinen Fingern auf.

Ich öffnete die Hand, die Fläche nach oben.

Mitten darauf lag ein Stück Holzkohle, von weißer Asche überzogen, darunter mit dunkelroter Glut. Rauch wirbelte von der Holzkohle auf, die mitten auf meiner Handfläche lag.

Und ich spürte keinen Schmerz.

Nur ein namenloses Entsetzen . . .

11.

Es gab keinen Schmerz, auch nachher nicht. Keine Brandblase, nichts. Es war eine beeindruckende Demonstration der Fähigkeiten, die ICH über mich gewonnen hatte. ICH kontrollierte und beherrschte nicht nur mein Gehirn und meine Muskeln, es hatte auch längst die Gewalt über die dem Willen nicht zugänglichen Teile meines Körpers übernommen. Und ICH hatte mir überdeutlich gezeigt, daß ich keine Chance hatte, dem Verhängnis, das mir drohte, durch Selbstmord zuvorzukommen.

Vermutlich hatte ich, als ich mich schreiend am Boden wälzte, in meiner Qual um mich gegriffen und dabei eines der glimmenden Holzkohlestücke aus dem Lagerfeuer zu fassen bekommen.

Ich hatte Fakire gesehen, die über Feuer schreiten konnten, und es gab auch ein paar sehr einleuchtende psychologische und physiologische Erklärungen für solche Phänomene, die ohne Spuk, den Teufel oder andere jenseitige Instanzen auskamen.

Aber diese Feuerläufer hatten etwas gemeinsam – sie beschränkten ihre beeindruckenden Demonstrationen auf ein paar Sekunden. Sie hielten nicht zwei Minuten lang mit aller Kraft in ihrer Faust ein Stück Kohle umschlossen, ohne dabei auch nur den geringsten Schaden zu haben.

Das war mehr, als ein normaler oder trainierter Mensch leisten konnte.

Das war eine Demonstration von ICH.

Und die Botschaft war angekommen. Wir sprachen nicht mehr von der tödlichen Notlösung des Problems. ICH würde niemals zulassen, daß ich Selbstmord beging.

Jetzt war die Lage klar – ich konnte nichts mehr tun. Was mir blieb, war, mich in mein Schicksal zu fügen und mit größtmöglicher Geduld darauf zu warten, was mein innerer Herr und Meister mit mir anzustellen gedachte.

Für Rhodan und seine Freunde mochte es wichtig sein zu wissen, daß ICH Angst vor dem Tod hatte – es zeigte an, daß auch dieser Unheimliche seine verwundbare Stelle hatte. Für mich bedeutete es nichts. Ich war zu völliger Passivität verurteilt.

Und das alles spielte sich in Ruhe ab, kultiviert, zivilisiert. Wir plauderten angeregt, tranken Wein dazu und sahen der Sonne zu, als sie farbglühend im Meer versank. In dieser Nacht schliefen wir im warmen Sand der Küste. Es tat mir gut. Den Gedanken, statt dessen in der technisch perfekten Medo-Sektion des Raumschiffs zu verbringen, das um den Planeten kreiste, fand ich entsetzlich. In diesen – womöglich letzten – Tagen wollte ich mit moderner Technologie nicht allzuviel zu tun haben. Im übrigen war ich mir nicht einmal sicher, ob ICH mir erlauben würde, jemals wieder eine medizinische Einrichtung von innen zu sehen.

Ich erwachte am nächsten Tag ausgeruht.

Die Sonne schien wieder, die Blüten dufteten, auf dem Meer tanzten glitzernde Reflexe, die in den Augen brannten – und wir frühstückten, machten Witze und taten so, als gäbe es keinerlei Probleme für uns.

„Männer!“ sagte Agape nur, als sie das alles sah. Sie lächelte dazu und hielt sich mit Kommentaren zurück.

Es ging um mein Leben, und alles verlief äußerst gesittet.

Weil uns in vielen Jahrhunderten diese Verhaltensweise in Fleisch und Blut übergegangen war, sammelten wir selbstverständlich alles ein, was wir am Strand hatten liegen lassen.

Es war seltsam, auf diese gespenstische Weise die Spuren des eigenen Lebens zu beseitigen. Und während wir das taten, kam die Flut heran und löschte unsere Fußspuren aus.

Ich sah es schweigend an, rührte mich nicht mehr. In meinen Eingeweiden wühlten Wut und Schmerz. Nach allem, was ich erlebt und erfahren hatte, auf diese elende, beschämende und schmutzige Weise ... verdammt, hatte ich das verdient, von einem verdammten Pilz bei lebendigen Leib absorbiert zu werden?

„So", sagte Agape plötzlich. „Ich weiß nicht, was ihr beide vorhabt, aber mir reicht es jetzt ..."

Perry und ich sahen sie erstaunt an.

„Ihr Narren", schimpfte Agape, „blödsinnige Kerle." Sie hatte Tränen in den Augen. „Atlan wird sterben, wenn nichts getan wird, und ihr beide wißt es. Und anstatt etwas zu unternehmen, hockt ihr beieinander und versucht, mit männlichem Getue zu verbergen, daß euch beiden hundeelend zumute ist, daß ihr Angst habt und nicht wißt, wie es weitergehen soll ..."

Perry und ich starrten erst uns wechselseitig und dann Agape an, die die Hände in die Hüften gestemmt hatte und uns wütend anfunkelte.

„Also los, unternehmt etwas!" sagte sie.

Perry leckte sich die Lippen und sah mich an.

„Ich gebe es zu", sagte er dann, und in seinen grauen Augen sah ich wieder seinen Witz und seine Lebensfreude aufblitzen. „Ich habe mich nicht getraut, etwas gegen deine ... Gelassenheit zu unternehmen, alter Freund."

Ich winkte ab.

„Lassen wir die Erklärungen", sagte ich. Es war, als sei ein Bann von mir gewichen. Ich spürte wieder meinen kämpferischen Geist erwachen. Die Lage mochte hoffnungslos aussehen, aber so schnell wollte ich mich nicht geschlagen geben ...

„Was können wir tun?"

„Auf Kran nach dem Ursprung dieses Pilzes forschen", sagte Rhodan. „Das ist schon in die Wege geleitet worden. Aber es wird nicht einfach sein – für

Pilze gibt es schließlich kein Melderegister, außerdem verbreiten sie sich nach Belieben. Sie folgen dem Wind ...“

Er verstummte, weil ich ihm ein Zeichen gemacht hatte.

„Der Wind“, murmelte ich. „Li Tai Ho hat etwas über Wind gesagt ...“

Ich hatte den Afro-Chinesen fast schon vergessen – (eine Folge der Tatsache, daß ich nicht mehr auf den Extrasinn zurückgreifen konnte; sein Besitz hatte mich bequem werden lassen.)

„Wind“, murmelte ich. „Wind ...“

Dann wußte ich es und begann zu lächeln.

„Natürlich“, sagte ich. „Er hat mich mit einem *koan* entlassen.“

„Einem was?“ fragte Agape.

„*Koan*“, erklärte ich. „Eine Art philosophischer Denksportaufgabe. Und Li Tai Hos *Koan* ist einer von den alten und berühmten – *was ist die Farbe des Windes*?“

„Aber der Wind hat gar keine Farbe ...“, versetzte Agape.

„Ja und nein“, antwortete ich. „Der Sinn des Manövers ist dieser: man soll als Schüler über dieses Problem meditieren, unablässig und streng. Es ist mit den Kräften des normalen Verstandes nicht zu lösen – wohl aber durch jene besondere Form der Einsicht und des Begreifens, die im Zen-Buddhismus *satori* genannt wird, die Erleuchtung.“

„Und dann kennt man die Farbe des Windes?“ fragte Agape zweifelnd.

„Die Weisen sagen – ja“, antwortete ich.

Rhodan und ich wechselten einen kurzen Blick.

„Was tun wir?“ fragte Perry dann laut.

Rhodan war, wie ich, ein ausgesprochener Pragmatiker, durchaus bereit, vieles zu probieren, wenn es zum

Ziel zu führen versprach. Allerdings konnte man ihn wohl kaum als spirituellen Typ bezeichnen.

„Ich versuche es“, sagte ich achselzuckend. „Schaden wird es wohl nicht – und sehr viele andere Möglichkeiten, überhaupt etwas zu unternehmen, haben wir wohl nicht.“

„Dann mach dich an die Arbeit“, sagte Rhodan. „Platz genug und Ruhe genug hast du ja wohl ...“

Ich zuckte die Schultern und ging davon. Einen brauchbaren Platz zum Meditieren hatte ich bald gefunden. Und auch ohne fotografisches Gedächtnis erinnerte ich mich an die Sitzhaltung, die bei der Zen-Meditation gebräuchlich war ...

„Nein!“

Das war Guckys Stimme. Eine unsichtbare Faust packte zu und drängte die Waffe zur Seite, die auf meinen Körper gerichtet gewesen war. Der Schuß löste sich und traf eine Wand, die teilweise von einer Art Nebel überzogen war.

„Nicht schießen, Perry!“ rief Gucky. „Ich glaube ihm ...“

Er sprach rasend schnell, und das war auch nötig. Denn binnen weniger Augenblicke waren wir von Feinden umringt.

Sie entstanden gleichsam aus dem Nichts. Aus dem Mauerwerk, dem Boden, der Decke quollen sie hervor, zuerst als weißliche Schwaden, die sich immer mehr verdichteten, und dann standen sie vor uns.

Menschen ...

Einwandfrei Menschen. Sie waren nackt, waffenlos und überaus angriffslustig. Sie waren blaß in den Gesichtern, und die wenigen Mienen, die ich zu sehen bekam, waren ausdruckslos wie die von Robotern. Es war ein Anblick, der mich zutiefst erschreckte.

Denn Rhodans Männer, auch er selbst und Gucky,

zögerten keinen Augenblick, das Feuer auf diese Menschen zu eröffnen.

Sie schossen auf nackte, unbewaffnete Menschen. Es war grauenvoll.

Ich stand für einen Augenblick wie erstarrt vor Schreck und Grauen. In dieser kurzen Zeitspanne sah ich, wie ein ganzer Pulk von Eindringlingen über einen von Rhodans Männern herfiel, ohne sich um das rasende Feuer zu kümmern, das ihnen entgegenschlug. Sie verloren sieben, acht ihrer Kameraden, die getroffen auf den Boden sanken, aber sie bekamen den Mann zu fassen.

Dann hörte ich nur noch einen grauenhaften Schrei, und der Mann war mitsamt seiner Waffe unter den Leibern der Angreifer begraben.

Ich bekam einen Stoß. Es war Rhodan, der mich gestoßen hatte. Ich taumelte einen Schritt zur Seite, und Rhodan feuerte auf einen Angreifer, der unversehens in meinem Rücken aufgetaucht war.

Der Kampf sah nach einem entsetzlichen Gemetzel aus, das Rhodans Leute unter Wehrlosen anrichteten. Aber ich brauchte nur ein paar Augenblicke zu warten, um sehen zu können, welcher Art diese vermeintlich „Wehrlosen" waren.

Nur wenige Meter von mir entfernt lagen drei Körper auf dem Boden, Angreifer, die von Rhodans Männern niedergeschossen worden waren. Obwohl die Treffer tödlich gewesen sein mußten, war in diesen Leibern noch Leben. Sie zuckten, zappelten – und dann sah ich, während sich mir fast der Magen umdrehte, wie sie binnen weniger Sekundenbruchteile zu einem schwärzlichen Schleim zusammenfielen – und daß sich, wiederum nur ein paar Herzschläge später, neue Menschen formten, die, kaum entstanden, sich voll Gier und Wut auf Rhodan und dessen Männer stürzten.

Und dann sah ich jenen Mann, der dem Ansturm der herandrängenden Leiber erlegen war. Er hatte sich unter

Aufbietung aller Kräfte freigekämpft. Seine Waffe hatte er verloren, sein Gesicht war verschmiert, er blutete aus zahlreichen Wunden.

„Kameraden!“ schrie der Mann.

Einer von Rhodans Männern wirbelte herum, zögerte einen Augenblick – und dann drückte er ab.

Er schoß seinen Kameraden nieder, ganz offenkundig auf dessen Wunsch.

„Los, Gucky, bring ihn hier heraus ...“

Rhodan hatte den Befehl kaum ausgesprochen, da war Gucky auch schon bei mir. Er faßte mich an, und dann teleportieren wir aus der Halle.

Das letzte, was ich von der Szenerie noch sah, war der angewiderte Ausdruck, mit dem Rhodan auf die feuerte, die ihn bedrängten.

Dann war ich mit Gucky allein. Wir waren in der Schleuse eines Raumschiffs materialisert. Das wunderte mich – normalerweise wären wir in der Zentrale herausgekommen.

„Die Dusche ist dort drüben“, sagte Gucky und deutete auf eine kleinere Mannschleuse.

„Dusche?“

Gucky grinste.

„Entschuldige, Atlan“, sagte er dann. „Du weißt das alles ja noch nicht. Du mußt die Schleuse benutzen, bevor du an Bord kommen kannst. Das muß jeder, bevor wir ihn hereinlassen. Wegen des *Myzels*, weißt du ...“

Myzel, das war das Gewebe eines Pilzes, nicht der eigentliche Pilz.

„Wenn auch nur ein Fitzelchen davon an Bord kommt“, sagte Gucky, „können wir einpacken. Dieser Gegner ist unglaublich stark ...“

Die Prozedur dauerte nur wenige Minuten. Während ich mit allen Mitteln der Keimabtötung traktiert wurde, kamen auch Rhodan und seine Männer an Bord. Sie hatten ihre Gegner bezwungen und waren mit einem gut getarnten Raumschiff geflüchtet. Aber auch sie unterzogen sich ausnahmslos der Prozedur der *Dusche.*

Der Duschvorgang bestand aus einer Reihe von Bestrahlungen, die den Zweck hatten, irgendwelche Keime abzutöten; ich vermutete, daß Rhodan und seine Gefährten damit die Gefahr des ICH-Pilzes bekämpfen wollten.

Eine Stunde, nachdem Gucky mich an Bord des Schiffes abgesetzt hatte, stand ich wieder vor Perry Rhodan, diesmal in seiner Kabine an Bord der MICHAEL RHODAN.

Jetzt erst fand ich Zeit, mir meinem alten Freund genauer anzusehen. Mein erster Eindruck bestätigte sich. Er war noch hagerer geworden, als er es ohnehin schon immer gewesen war; seine Augen verrieten viel von einer tiefsitzenden, seelischen Müdigkeit. Es waren die Augen eines Mannes, der seit langer Zeit gekämpft hatte und mehr und mehr dazu gezwungen wurde, von seinen seelischen Reserven zu zehren.

„Willkommen“, sagte Perry und bot mir mit einer Handbewegung einen Platz an.

Ich ließ mir von den Servomechanismen einen kühlen Erfrischungstrunk liefern, schlug die Beine übereinander und sah Rhodan prüfend an.

„Wo hast du so lange gesteckt?“ fragte Rhodan. „Und wer, zum Teufel, läuft da in deiner Maske herum . . .“

„Ich weiß es nicht genau“, sagte ich zögernd. „Ich habe einen bestimmten Verdacht, aber keine Beweise dafür. Aber sag einmal – was hat es mit dieser *Nebel-Brigade* auf sich?“

Rhodan rieb sich die Augen. Er hatte sich jetzt ebenfalls gesetzt.

„Eine Geheimwaffe des Gegners“, sagte er müde. „Wie das funktioniert, wissen wir nicht. Die Kerle tauchen einfach auf, als würden die Wände sie ausschwitzen. Das einzige Mittel, diese Bande fernzuhalten, besteht darin, nur in möglichst keimfrei gehaltenen Räumen zu leben. Und das tun wir. Ich bin seit drei Jahren auf keinem Planeten mehr gelandet, ich verbringe mein Leben in Raumschiffen und schaue von dort auf die Planeten hinunter ..."

Er preßte die Lippen aufeinander. Ich wußte, wie hart ihn das ankam. Rhodan wußte moderne Technik durchaus zu schätzen, aber er war sich auch immer bewußt gewesen, daß das Leben nicht in einem Reagenzglas entstanden war, sondern auf Planeten – Welten mit Wasser, Wolken und Wind, mit Regen und Sonnenschein. Nur im Raum zu leben, umgeben von stählernen Wänden, die zudem noch keimfrei gehalten werden mußten – das war sehr hart.

„Und warum habt ihr einen eurer Leute ...?"

Rhodan stieß einen tiefen Seufzer aus.

„Du scheinst wirklich keine Ahnung von dem zu haben, was in der Milchstraße und anderswo passiert", sagte er gereizt; fast schien es ihm leid zu tun, mich überhaupt an Bord geholt zu haben. Rhodan glaubte Gucky, aber sein Mißtrauen war geblieben. Und ich dachte an den Namen des Schiffes und stellte meine Vermutungen an – Michael, sein Sohn, war vermutlich im Kampf gegen die falschen Atlane getötet worden.

„Wie du vielleicht gesehen hast", sagte Rhodan; er hatte sich zurück gelehnt, die Arme hinter dem Kopf verschränkt und die Augen geschlossen. Er sah sterbensmüde aus, trotz Zellaktivator – „hat dieser Mann selbst darum gebeten, getötet zu werden. Er wollte um keinen Preis einer von denen werden ... und das läßt sich nicht vermeiden, wenn man im Kampf verletzt wird."

Er richtete sich auf, blinzelte mich an. Von einem Augenblick auf den anderen war wieder der alte Rhodan da, der listenreiche, unermüdliche Barbarenhäuptling; und in seinen Augen lag jenes ironische Funkeln, das ich so gut kannte, seine spitzbübische Freude daran, stets gewitzter zu sein als seine Gegner.

„Das haben wir uns nicht träumen lassen, daß wir noch einmal gegen Vampire würden kämpfen müssen oder gegen *Werwölfe?*"

„Waaass?"

Rhodan grinste bitter.

„Es ist zwar nicht wirklich so, aber es kommt dem ziemlich nahe. Wir sind immerhin soweit mit unseren Erkenntnissen vorgedrungen, daß wir wissen, daß unser Gegner genaugenommen ein Mikrolebewesen ist . . ."

„Ein Pilz", entfuhr es mir. „Ein Schleimpilz . . ."

Rhodan richtete sich mit einem Ruck auf.

„Woher . . . ach was, die Quelle ist unwichtig. Los, rede, was weißt du noch . . . Sprich, Mann – jedes Wort ist kostbar . . ."

„Der Feind ist ein Pilz, entstanden in Vayquost", berichtete ich stockend. Denn irgendwann würde ich zur Erklärung hinzufügen müssen, woher ich das alles wußte. „Vermutlich durch genetische Manipulationen. Er übernimmt Menschen . . . das heißt . . ."

Ich sah Rhodan an, verstummte, dachte nach. Da war irgend etwas. Eine Erinnerung. Dumpf im Hintergrund meines Bewußtseins. Etwas Kleines, Graues . . .

„Gibt es hier Mäuse?" fragte ich.

Rhodans Unterkiefer klappte herunter.

„Mäuse? An Bord eines Raumschiffs? In unserer Zeit? Mann, wo lebst du? Dies ist ein Raumer, kein alter Segler. Und wie kommst du überhaupt zu dieser Frage."

„Mäuse", sagte ich. „Es hat angefangen . . ."

Schauder des Entsetzens rieselten durch meinen Körper. Ich spürte, wie das Grauen in mir aufstieg und von mir Besitz ergriff.

„Nein . . .", brachte ich über die Lippen, während ich es im Inneren meines Körpers brodeln spüren konnte. Etwas geschah in meinem Körper, etwas Dumpfes,

Grauenvolles. Etwas, das nicht einmal schmerzte, das nur Angst und Entsetzen in mir aufsteigen ließ.

Etwas kribbelte in meiner Hand, die ruhig auf der Lehne des Sessels lag. Ich drehte die Hand um, so daß die Fläche nach oben zeigte. Deutlich konnte ich die Linien meiner Hand sehen, die Muskeln. Vor allem den großen Muskel am Daumen.

Was für ein makabres, irrwitziges Wortspiel, dachte ich.

musculus hatten die Römer diese Teile des Menschenkörpers genannt. Mäuslein – weil das Spiel der Muskeln unter der Haut aussah, als würde eine Maus unter einer Decke zappeln und hin und her huschen.

Das Kribbeln wurde stärker und stärker. Und der Muskel schwoll an, verdickte sich, wölbte sich in die Höhe.

Und dann glitt, ohne daß ich dabei auch nur den geringsten körperlichen Schmerz empfand, die Haut an dieser Stelle auseinander. Und auf der offenen Fläche meiner Hand tauchte eine kleine, graue Maus auf, eifrig damit beschäftigt, sich zu putzen.

Mit einer Maus hatte alles angefangen. Mit einer kleinen grauen Maus, die da aufgetaucht war, wo es niemals hätte Mäuse geben dürfen.

Mit einer Maus . . .

Und jetzt blickte ich zum zweiten Mal an diesem Tag in Rhodans Waffe.

Ich reagierte blitzschnell, warf die Maus mit aller Kraft von mir, so weit weg, wie nur irgend möglich. Und Rhodan, der Sofortumschalter, reagierte auf der Stelle. Wahrscheinlich hatte er an meinem grauen Gesicht, dem Entsetzen, das sich darin malte, erkannt, das ich selbst über diesen Vorgang erschüttert war.

Die Maus landete auf dem Boden und blieb dort benommen liegen. Eine Zehntelsekunde danach war sie vom Impulsstrahl aus Rhodans Waffe getroffen worden.

Nur ein winziges Fetzchen blieb von der Maus übrig. Ich sah es auf dem Boden zucken, sich verwandeln und als Fliege davonbrummen.

Wieder schoß Rhodan, und er traf zum zweiten Mal. Ich sah, daß er kreideweiß geworden war im Gesicht. Auch ihn hatte der Schrecken vor diesem Verhängnis gepackt, vor diesem Feind, der erbarmungslos zuschlug und selbst kaum zu fassen war.

Aber es half Rhodan nichts, daß er ein Meisterschütze war. Und es half mir nichts, daß ich all das wußte, und daß in meinem Innern ein schrilles Gelächter aufbrandete, das Lachen eines tückischen Siegers, der sich am Ziel seiner Pläne wähnte.

Rhodan drehte sich zu mir herum.

„Allmächtiger!“ stöhnte er auf, und ich spürte es überall kribbeln, an meinen Beinen, meinen Armen, auf meiner Brust. Meine Kleidung schlackerte lose um meinen Leib. Meine linke Hand löste sich vom Arm, fiel zur Seite, landete auf dem Stahl des Bodens und schlängelte sich dann davon. Ich spürte, wie sich meine Zähne selbständig machten. Es tat nicht weh, als sie davonflogen, zielsicher auf die Schlitze der Belüftung zu.

Es tat überhaupt nicht weh. Ich konnte dabei zusehen, wie mein linker Fuß als Skorpion davonkroch, auf Rhodan zu. Perry war ein paar Schritte zurückgewichen. Ich sah es undeutlich, weil eines meiner Augen buntschillernd als Kolibri um seinen Kopf schwirrte und immer wieder versuchte, Perry mit seinem Schnabel die Haut aufzuhacken. Aber ich sah, und es tat überhaupt nicht weh, wie der Skorpion sich an Rhodans rechtem Fuß zu schaffen machte. Rhodan trat, ich hörte den Panzer des Skorpions knirschen, aber dann schossen schon die ersten Nesselfäden einer halb zertretenen, zuckenden Qualle im Innern von Rhodans Hosenbeinen hoch.

Und Rhodan schrie.

Er hatte Schmerzen, körperliche Schmerzen. Das Grauen, das in den Gliedern steckte, schwer wie Blei und grausam kalt, das hatten wir gemeinsam. Die Schmerzen hatte er allein.

Oh, ICH war raffiniert.

Und grausam. ICH liebte es, diejenigen zu bestrafen, die an seiner Macht zweifelten oder sich ihr widersetzten.

ICH ließ mich zusehen ...

Zusehen, wie Rhodan von Geschöpfen angegriffen, gebissen, gestochen, verätzt wurde, die aus meinem Körper entstanden waren, und sich in seinen Körper hineinfraßen.

Rhodan taumelte. Ein Geschöpf, das ich nicht kannte, irgend etwas Schwarzes, das nach Verwesung stank, zuckte und schillerte, hatte sich auf der rechten Gesichtshälfte von Rhodan festgesetzt. Er schlug um sich, schrie vor Schmerz. Aber er ließ die Waffe nicht fallen. Er behielt sie in der Hand, auch als zwischen seinen Haaren grüne Fäden auftauchten, die in rasender Geschwindigkeit seinen Kopf zu umspinnen begannen.

Ich konnte es nicht so richtig beobachten, weil mein Körper zusammengesackt war. Anscheinend lag ich mit dem Schädel auf dem Sitzpolster.

Aber es tat nicht weh. Überhaupt nicht. Kein Schmerz.

Rhodan wankte, aber er fiel nicht. Er schoß, traf die Decke, und verglühter Stahl spritzte durch den Raum.

Er wagte nicht mehr zu schreien. Vielleicht wußte er, daß ICH sonst die Öffnung seines Mundes benutzt hätte, in das Innere seines Leibes einzudringen.

Perry wehrte sich, auch als diese Gegenwehr längst sinnlos geworden war, als seine Beine schon zusammengeknickt waren und er auf dem Boden lag. Ich sah, wie es sich krümmte und wand, zuckte und zappelte, das

Etwas, das einmal Perry Rhodan gewesen war. Dieses Etwas war jetzt überzogen von einem schwarzen, modrigen Schleim, auf dem blauweiße Flecken saßen (Schimmel?). Er kämpfte noch immer, dieser tapfere Terraner. Vielleicht, weil er wußte und sich bis zuletzt dagegen stemmte, daß ICH jetzt endgültig und für immer die Macht auch über die Milchstraße an sich gerissen hatte.

ICH hatte triumphiert.

Das Zappeln erstarb.

Und dann schob ICH einen gnädigen Schleier über meine Augen und stieß mich zurück in die Schwärze meiner Angst und den gräßlichen Sog meiner Trauer um einen Freund . . .

12.

Sie hatten mich auf ein Lager aus breiten Blättern gelegt, die stark dufteten. Ein Aroma, das an frische Ananas erinnerte.

Ich zitterte am ganzen Leib. Das Grauen nistete in mir wie in einem Brutkasten, in dem es gedeihen konnte. Ich ahnte, ja, ich wußte, daß es mich nie wieder verlassen würde.

„Was ist passiert?" fragte ich mühsam. Langsam richtete ich mich auf. Meine Glieder waren bleischwer.

Rhodan schluckte.

„Während deiner Meditation", sagte er dann. „Du hast dich verändert. Es sah . . ."

Ich sah Tränen in Agapes Augenwinkeln.

„Ein Kampf zwischen ICH und mir?" fragte ich stockend. Unwillkürlich sah ich nach meinen Händen, nach den Beinen. Der Körper fühlte sich völlig normal an. Und nichts tat weh. Seltsam, gerade das erschreckte mich. „Habe ich mich wieder . . . verwandelt?"

Agape nickte.

„Es war schrecklich“, sagte sie. „Und du hast gesprochen, aber wir konnten dich nicht richtig verstehen. Es klang, als würdest du mit Perry reden . . .“

„Das habe ich auch“, sagte ich. Mit Mühe brachte ich ein Lächeln zuwege. „Und ich habe ein paar neue Informationen . . .“

Die hast du tatsächlich.

Ich erstarrte, meine Augen wurden groß. Unwillkürlich packte ich nach Agapes Hand.

„Was ist?“ fragte Rhodan besorgt. „Du siehst aus, als wäre dir der Leibhaftige erschienen . . .“

Ich schloß die Augen und preßte die Lippen aufeinander. Unwillkürlich dämpfte ich meine Stimme zu einem Flüstern.

„Er ist wieder da . . .“, murmelte ich erschüttert. „Er hat sich bei mir gemeldet . . .“

„Wer?“

„Mein Extrasinn“, sagte ich. „Er hat sich gemeldet . . .“

Es war ein tolles Gefühl, wieder vollständig zu sein. Und vor allem war ich mir jetzt sicher, daß ich auf der richtigen Fährte war. Die Geheimnisse von ICH würden nach und nach entschlüsselt wer . . .

Hahahaha, hörte ich es in mir selbst hallen. *Warum fragst du mich nicht einfach, du Narr!*“

Ich schloß die Augen.

Kein Triumph, statt dessen eine noch vollständigere Niederlage. ICH hatte sich, so fühlte ich, jetzt auch noch meines Extrasinns bemächtigt.

Nun gab es nicht einmal mehr eine Hoffnung auf Rettung und Hilfe, nicht für mich, nicht für Agape oder Rhodan und auch nicht für die Galaxis.

„Wir brauchen es gar nicht erst zu probieren“, sagte ich leise. Über dem Feuer drehte sich ein Braten. Ich war ich selbst, ICH hielt sich zurück. Alles sah ganz normal aus.

Und doch war dieser Abend der letzte Tag in Freiheit für die Galaktiker und die Völker vieler anderer Sonnensysteme.

ICH hatte gewonnen. Und ICH hatte mir seinen Triumph in allen Einzelheiten ausgemalt.

„Willst du . . . jetzt?“ fragte Perry.

Ich nickte.

„Wer ICH wirklich ist, weiß ich nicht“, erklärte ich dann; es waren die Informationen, die ICH über sich selbst zur Verfügung gestellt hatte.

„Warum sagst du eigentlich immer ICH“, warf Agape ein. „Also, ich finde das sehr verwirrend . . .“

Ich lächelte sanft. Sie liebte mich, das hatten die letzten Tage bewiesen. Aber sie hatte auch Angst, furchtbare Angst. Ich hatte es an diesem Nachmittag gemerkt, als sie sich mir verweigert hatte. Ich konnte es verstehen. Weh tat es dennoch.

„ICH denkt so von sich selbst“, antwortete ich. „ICH hat keinen Bezug zu anderen Lebewesen, ICH will nicht mit ihnen verhandeln oder über sie herrschen. ICH ist universal in seinem Selbstverständnis. ICH braucht keinen Namen, damit man ICH von anderen Geschöpfen unterscheiden kann, weil ICH absolut einzigartig ist . . .“

„Vor allem größenwahnsinnig“, murmelte Agape. Sie schlug ihre weißen Zähne in ein Stück Fleisch. „Sprich weiter . . .“

„ICH ist in der Tat ein Pilz“, fuhr ich fort. „Aber zugleich ist ICH auch in der Lage, Intelligenz zu entwickeln. Einstweilen nur rudimentär, sporadisch. Denn ICH ist noch nicht groß genug, um allein existieren zu können.“

„Das ist mir zu kryptisch“, sagte Rhodan, während er mit einem Stock in dem Feuer herumstocherte. „Kannst du das nicht ein wenig präziser ausdrücken?“

Ich versuchte es.

„ICH ist intelligent als Kollektiv“, sagte ich. „Dieser

Pilz, er breitet sich aus. Schon jetzt ist er auf Hunderten, auf Tausenden von Welten anzutreffen, hier in der Milchstraße, in der Galaxis Vayquost, im Andromedanebel ... ICH wird verschleppt, von zahllosen Raumfahrern, von Kisten und Containern ... Lebewesen dieser Art kann man nicht ausrotten oder in ihrer Verbreitung ernstlich behindern. Die Gesamtmasse von ICH, auf zahllose Welten verteilt, liegt schon jetzt bei mehr als einer Milliarde Tonnen."

„Eine Milliarde Tonnen Schleim?"

„Pilze, winzig klein, in jeder Ritze, jeder Furche. Sie können in deinem Haar sitzen, zwischen den Zähnen, überall. Aber das ist nicht weiter gefährlich – es gibt zahlreiche andere Mikroorganismen, die ähnlich weit verbreitet sind und die man genausowenig wahrnimmt. Zurück zu ICH.

ICH ist erstens in der Lage, sich selbst gleichsam in den Hyperraum hineinzuwölben und dort intelligent zu sein – vorausgesetzt, es ist genügend Masse für diesen Vorgang an einem Ort konzentriert. Und die dichteste Zusammenballung von ICH-Materie ..."

„Bist du?"

Ich nickte.

„Ich habe es gespürt", sagte ich, „als ich mit dem Transmitter befördert wurde. Während dieser Reise hatte ich Kontakt mit der Intelligenz von ICH. Zweitens: ICH kann, wie in meinem Fall, organische Körper nachbilden. Ihr erinnert euch an diesen seltsamen Schleimfaden in dem Dokumentarfilm? Stellt euch das tausendfach verbessert vor, dann habt ihr ICH und seine Fähigkeiten. Die erste Demonstration haben wir in meinem Garten erlebt ..."

Rhodan richtete sich steil auf.

„Die Maus?"

„Ich bin mir sicher", antwortete ich. „Ich stelle es mir so vor: Ich muß einen winzig kleinen Teil der Originalsubstanz von ICH aus Vayquost mitgebracht haben, ohne es zu wissen, natürlich. Wahrscheinlich gehörte das zum Plan. In diesem Plan bin ich, so befürchte ich, nicht mehr als ein Rädchen in einer ganzen Maschinerie. Dieses Teilstück der Materie von ICH hat dann geraume Zeit gebraucht, bis es sich in meinem Haushalt soweit auf normale Art und Weise vermehren konnte, daß die Masse zusammenkam, die ICH brauchte, um die Maus auszuformen."

Rhodan nickte langsam; er hatte verstanden.

„Klar, in unseren Haushalten ist wegen der Sicherheitsvorschriften kaum Material zu finden, auf dem ein Schleimpilz nisten und sich vermehren kann . . ."

„Das ist der Zustand, heute", sagte ich. „Ich weiß aber auch, wie es weitergehen wird . . ."

„Du oder ICH?" fragte Agape.

„Wir beide", antwortete ich. „ICH wird immer mehr wachsen, neue Geschöpfe ausformen und damit langsam, aber sicher die Macht übernehmen. Die seltsamen *Taucher,* von denen ich schon berichtet habe, die in der Zukunft in verstärktem Maß auftauchen werden – das sind Teilstücke von ICH. Sie wissen nichts davon, daß sie Bestandteil dieses Wesens sind, vor allem wissen sie nicht, daß sie ICHS Intelligenz verkörpern. Wenn diese Galaktiker schlafen, stellten sie, ohne es zu wissen, ihre Gehirne der Kollektivintelligenz ICH zur Verfügung, eine Art *time-sharing*-Verfahren. Und wenn man nicht mehr unterscheiden kann, wer ein normales Lebewesen ist und wer eine Kopie von ICH, kann man gegen diese Invasion nichts unternehmen . . ."

„Aber die Originale . . .", warf Agape ein.

„ICH hat Macht", sagte ich. „ICH kann auf Siga einen Oxtorner aus seiner Masse entstehen lassen. ICH ruft die Pilze zusammen, die es auch auf Siga in riesigen Mengen gibt – vergeßt nicht, daß mehr als zwei Drittel der Biomasse der Erde in solchen Kleinlebewesen untergebracht ist, nicht in Menschen oder Tieren oder Pflanzen – und formt aus dieser Masse, was immer ICH will. Oxtorner auf Siga, Arkoniden auf der Erde – wo die jeweiligen Vorbilder leben, ist für ICH unbedeutend."

Ich sah die Betroffenheit in den Gesichtern meiner beiden Begleiter.

Die Szene hatte etwas Gespenstisches an sich.

Wir sprachen über eine universale, kosmische Gefahr (denn ICH hatte sich, wie ich wußte, nichts Geringeres vorgenommen, als das Erbe aller Geschöpfe des Kosmos zu übernehmen).

Und während wir das taten, drehten wir über einem Lagerfeuer einen Spießbraten, tranken Wein und aßen Obst und plauderten mit gedämpfter Stimme miteinander.

Die Art unserer Unterhaltung erschien seltsam unangemessen, verglichen mit der Größenordnung des Problems.

„Und man kann nichts machen?" fragte Agape.

Ich zuckte mit den Schultern.

„Nach deinen Informationen findet das alles doch erst in vielen Jahren statt, weit in der Zukunft, nachdem dieser *Mauer-Effekt* eingetreten ist. Kann man nicht . . ."

Ich sah Perry Rhodan an; der zeigte das gleiche resignierende Lächeln wie ich.

Natürlich konnte „man".

Aber „man" wollte in aller Regel nicht. Einmal abgesehen davon, daß weder Rhodan noch ich eine Vorstellung davon hatten, mit welchen Mitteln man ICH entgegentreten sollte – es wäre wohl kaum möglich gewesen, von den diversen Parlamenten die nötigen Mittel zu bekommen. Denn was hatten wir an Nachrichten und Erkenntnissen schon in der Hand – meinen Bericht ausgenommen, für den ich nicht den Schimmer eines wirklich schlüssigen Beweises hatte.

„Es sieht düster aus“, murmelte Rhodan. „Sehr düster.“

Ich konnte ihm nur beipflichten.

„Was hat das alles mit dir zu tun?“ fragte Agape. „Warum ausgerechnet du?“

Ich zuckte mit den Schultern.

„Ich weiß es nicht“, antwortete ich zögernd. „Wenn es richtig ist, was du sagst, Agape, daß dieser Virus gleichsam speziell für mich und meinen Metabolismus entwickelt und programmiert worden ist, dann stellte sich automatisch die Frage: Gilt dieser Angriff, der mit mir als Mittelsmann oder Überträger geführt wird, der Galaxis Vayquost, dem Orakel – oder gilt er unserer Milchstraße ebenfalls . . .“

„Und was glaubst du?“ fragte Perry. Ich zögerte.

„Ich glaube“, sagte ich dann leise, „daß jemand dieses Virus entwickelt und gezielt auf mich angesetzt hat – um beide Galaxien in seine Gewalt zu bringen.“

„Aber warum du, warum nicht ein anderer?“ fragte Agape. „Warum hat man deinen Metabolismus für dieses Virus ausgewählt . . .“

„Wahrscheinlich, weil ich einfach da war“, antwortete ich. „Weil man meinen Körper lange und gründlich untersuchen konnte . . .“

Ich sah, wie Rhodan die Augen zusammenkniff.

„Sie hat recht, Atlan“, sagte er dann halblaut. „Daher meine Frage – wer ist man? Wer hat diese teuflische Kreatur namens ICH in die Welt gerufen und sie auf die Völker mehrerer Milchstraßen losgelassen? Wer? Und was verspricht sich dieser Jemand davon? Und was hat sich der Erfinder und Programmierer von ICH einfallen lassen, um seine Kreatur am Zügel zu halten oder im Notfall stoppen zu können? Denn erinnere dich, Atlan – ICH ist es, der in deinen Traumberichten und Erinnerungen die Macht im Kosmos anstrebt. Für sich, nicht für irgendeinen Auftraggeber.“

Ich wußte es nicht.

Agape schürzte nachdenklich die Lippen.

„Stimmt", sagte sie. „Und wenn es einen solchen Auftraggeber gibt, dann steht für mich fest: Es muß etwas geben, womit man ICH stoppen kann. Vielleicht ..."

„Beelzebub?" warf Rhodan ein.

Agape wölbte die Brauen. Sie verstand die Anspielung nicht.

„Den Teufel mit Beelzebub austreiben", zitierte Rhodan. „Eine sprichwörtliche Redensart der Erde. Bedeutet soviel wie: ein Übel mit einem noch größeren austreiben ..."

„Das geht zurück bis auf babylonische Zeiten ...", sagte ich. „Auf *Baal.* Aber wer weiß das heutzutage noch ..."

„Und was meint ihr damit?" fragte Agape, die an unserer intellektuellen Abschweifung wenig Interesse hatte.

„Auf ICH einen weiteren, speziell dafür gezüchteten Mikroorganismus zu hetzen", sagte ich. „Was unserem unbekannten Gegner möglich sein sollte, müßte doch eigentlich auch uns gelingen ... Die Mittel dafür haben wir, theoretisch."

Agape sah mich an.

„Aber nicht die Zeit", sagte sie dann leise. „Nicht in deinem Fall!"

Sie hatte recht; meine Uhr war abgelaufen. Es brachte nichts, darüber zu hadern. Was sich nicht mehr ändern ließ, brauchte man auch nicht zu bekämpfen.

Rhodan biß sich auf die Lippe. Auch seine Gedanken liefen vermutlich zweigleisig. Zum einen überlegte er, was er für mich tun konnte, zum anderen grübelte er darüber nach, was man im Interesse der Galaktiker tun konnte.

„Erstens", sagte ich laut, „den Hintermann von ICH

finden, stellen und verurteilen. Er oder sie oder es müßte eigentlich auch wissen, wie man ICH bekommen kann ..."

ICH meldete sich zu diesen Worten nicht. Wahrscheinlich war die Phase beendet, wo ICH unsere Aktionen als Bedrohung empfand. ICH kostete jetzt seinen Triumph aus. Und der konnte kaum vollständiger sein.

„Mir geht noch die Frage im Kopf herum", murmelte Rhodan, „warum es ausgerechnet dich erwischen mußte, alter Freund. Die Antworten, die wir bis jetzt gefunden haben, befriedigen mich nicht. Da steckt etwas anderes dahinter ... Was sagt dein Extrasinn dazu?"

Ich schüttelte den Kopf.

„Nichts, keine Antwort ..."

„Vielleicht gerade deswegen ...", überlegte Agape halblaut.

„Wegen was?"

„Wegen des Extrasinns", antwortete sie. „Wer sonst kann mit einem solchen Organ dienen, mit dessen Möglichkeiten – fotografisches Gedächtnis, Logiksektor. Und vor allem kennst du viele Dinge, von denen ein normaler Galaktiker nie gehört hat."

Perry Rhodan mischte sich ein.

„Sag mal", murmelte er. „Wie ist das mit deinen Kopfschmerzen? Es liegt zwar viele Jahrhunderte zurück, aber ich weiß, daß längere Transitionen für dich immer eine Tortur gewesen sind. Liegt das daran, daß du Arkonide bist – oder liegt es am aktivierten Extrasinn."

Ich starrte sie an, dann bewegte sich mein Kopf langsam auf und ab. Agape hatte recht. Und Rhodan auch.

Wegen meines Extrasinns hatte man mich auserkoren, wegen der unschätzbar wertvollen Informationen, die ich im Lauf meines Lebens gesammelt hatte. Und wahrscheinlich auch wegen meines Rufes bei den Galaktikern.

Aber der eigentliche Grund war möglicherweise ein anderer. Es lag, hatte ich mir ausgerechnet, tatsächlich an dem Extrasinn, wenn mein Nacken nach Transitionen heftig schmerzte. Ich hatte mich mit diesem Problem nie sehr intensiv beschäftigt, aber meine Sachkenntnis auf dem Gebiet der Hyperphysik sagte mir, daß es irgendeine Affinität zwischen der multidimensionalen Struktur des Überraums und meinem hyperphysikalisch aktivierten Extrasinn geben mußte. Daraus ergab sich, daß ich möglicherweise das einzige Geschöpf war, das die Verbindung zwischen der belebten Materie von ICH, den Pilzen, und der hyperstrukturierten Intelligenz vom ICH im Überraum herstellen konnte.

„Es gibt vielleicht eine Möglichkeit, das Spiel von ICH zu durchkreuzen", sagte ich rauh; der Gedanke war mir in diesem Augenblick durch den Kopf geschossen. „Diese ganze USO-Diktatur aus meinem Traum ... sie ist ohne die Führungsfigur Atlan nicht denkbar. Wenn man ICH um diese Figur prellen würde ..."

„Du meinst, daß jeder Galaktiker wissen soll, daß du tot bist", ergänzte Rhodan. „Und wie sollen wir das glaubwürdig anstellen, ohne dich umzubringen. Und mir wird man deinen Tod ohnehin nicht glauben ..."

Auch damit hatte er recht. Wie man es auch drehte und wendete – die Zwickmühle, in der wir saßen, schien kein Schlupfloch zu haben, durch das wir hätten entkommen können.

„Vielleicht", sagte Rhodan nach langem Zögern. Er sah mich an, Ratlosigkeit war in seinem Gesicht zu erkennen.

„Was erwartest du von mir?" fragte ich. Es war ihm anzusehen, daß er eine Bitte auf dem Herzen hatte und sich nicht recht traute, mich zu fragen.

„Noch einmal meditieren", sagte Rhodan halblaut. „Informationen sammeln. Ich begreife übrigens noch immer nicht, wie das alles zustande kommt. Du redest von dieser Zukunft wie von feststehenden Tatsachen ..."

Ich schüttelte den Kopf.

„Ich nehme an", sagte ich leise, „daß es sich dabei mehr um Phantasien handelt, um seelische Projektionen. Aber sie haben einen festen Kern aus Tatsachen, das stimmt. Aber wie dieses Gebräu in meinem Kopf zustande kommt – ich weiß es nicht, Perry. Es ist mir ein Rätsel."

„Mich wundert, daß es überhaupt dazu kommt", warf Agape ein. „Ist es möglich, daß bei dieser tiefen Zen-Meditation wie bei einem Transmittersprung ein Kontakt mit dem Hyperraum zustande kommt?"

Ich zuckte die Schultern.

„Möglich", sagte ich. „Ich weiß es nicht."

„Willst du es noch einmal versuchen, Atlan?" fragte Rhodan. „Es könnte nützlich sein, für uns alle."

Ich grinste breit.

„Perry", sagte ich dann und machte eine weit ausgreifende Armbewegung, die die ganze Szenerie einschloß. „Glaubst du ernsthaft, daß wir hier und jetzt, an diesem Ort und zu dieser Zeit, eine Lösung für dieses gewaltige Problem finden werden ...?"

Rhodan zögerte ein paar Sekunden lang.

„Warum nicht", sagte er dann. „Newton soll angeblich unter einem Baum ..."

„... und der Apfel fiel ihm auf den Kopf, und er entdeckte das Geheimnis der Massenanziehung. Ein Märchen aus der Rumpelkammer ..."

„Ja oder nein?"

Verdammt, sah er denn nicht, daß ich mit den Nerven am Ende war. Daß ich keine Lust mehr hatte, mich zu quälen? In ein paar Stunden, in drei Wochen, irgendwann, wenn es ICH gerade gefiel, würde ich aufhören, als eigenständiges Lebewesen zu existeren. Bis dahin hatte ich Zeit, das bißchen Leben, das mir noch blieb, zu genießen. Und er erwartete von mir, daß ich diese kurze Spanne damit verbrachte, überflüssige, sinnlose und selbstquälerische Experimente zu unternehmen – um ihm und seinen Galaktikern zu helfen.

Nein, dazu hatte ich keine Lust.

Aber ich würde es dennoch tun, so wie Rhodan es ebenfalls tun würde. Daß niemand mir das danken würde, war nebensächlich. Wenn es schon sein mußte, daß ich von der Bühne abtrat, dann so, daß ich mit meinem Part zufrieden war.

An Rhodans Gesicht konnte ich ablesen, daß unsere Gedanken parallel liefen. Und Agapes Miene verriet, daß sie – wenn sie es begriff – davon nichts hielt. Vielleicht waren Gedanken wie diese, abgesehen von gewissen erfreulichen Kleinigkeiten sexueller Natur, die wirklichen Unterschiede zwischen Mann und Frau.

In jedem Fall waren sie vorhanden. Ich nickte, und Agape schüttelte den Kopf.

„Und danach", sagte Perry, „werde ich unser Schiff landen lassen. Wir werden zur Erde zurückkehren, nach Arkon – wohin du willst."

„Rührend", spottete ich. „Um mir das Ende zu erleichtern? Kriege ich vorher auch noch etwas zu essen?"

Irgend etwas in mir riet mir, diese sinnlosen Wortgefechte einzustellen. Es gab Wichtigeres zu tun.

Ich kehrte zu dem Platz zurück, an dem ich wieder zu mir gekommen war. Dort setzte ich mich hin, um ein weiteres Mal zu versuchen, in einen tranceähnlichen Kontakt mit ICH und seinem Denken zu kommen.

Aber es fiel mir entsetzlich schwer, zur inneren Ruhe zu finden. In meinem Kopf ging vieles durcheinander.

Es war ein Wechselbad der Gefühle. Hin und her, hinauf und hinunter, Mal wehleidig, mal zornig. Dann wieder – wie in diesem Augenblick, da ich mich hinsetzte und die Beine verschränkte – stieg das nackte Grauen in mir auf, die mörderische, geistzerfressende

Angst vor dem Unheimlichen, Unbegreifbaren. Mut war eine feine Sache, und ich hatte hinreichende Gründe, mich nicht für einen Feigling zu halten.

Aber dem Entsetzen entgegenzutreten, das ich schon mehrfach kennengelernt hatte, hinabzutauchen in den Abgrund schleimiger Angst und einen Gegner zu konfrontieren, der so widerwärtig war wie dieser, war eine andere Sache. In diesem Kampf gab es nichts zu gewinnen, nicht Ruhm und Ehre, kaum das nackte Leben; der Angriff von ICH zermürbte nicht den Leib, er trampelte das Selbstwertgefühl beiläufig zu Brei.

In diesem Augenblick wußte ich nicht mehr, wer ich war – Atlan oder ICH in der Rolle Atlans. Irgendwo waren in meinem Körper die Grenzen zwischen ICH und Atlan fließend geworden, und nun war es in meinem Geist ebenso. Ich spürte im Hintergrund meiner Wahrnehmung das unsagbar Fremde dieser Kreatur, ein Denken, das mit menschlichem Empfinden nicht nachzuvollziehen war.

„Bereit?"

Ich nickte.

Es fiel mir unsagbar schwer. Denn in meinem Nacken saß die Angst, eine unsichtbare, aber deutlich fühlbare Gallerte, die ihre glatten Arme um meinen Hals legte und ihn langsam zudrückte.

Die Kunst in der Meditation bestand darin, alle Gedanken fließen und strömen zu lassen, nichts zu bewerten, zu zensieren. Einfach fließen lassen, was immer es auch ist.

Aber das sagt sich so leicht – und ist so schwer zu erreichen. Es ist vergleichsweise einfach, wenn das Gemüt nur belastet ist mit den Sorgen und Widerwärtigkeiten des Alltags . . .

Es ist anders, wenn das eigene Ich auf dem Spiel steht, wenn die uralte kindliche Angst wieder im Gemüt aufschießt – nicht jene Furcht, die man mit Vernunftgründen bekämpfen kann, sondern das Grauen, das von einem wehenden Vorhang ausgeht. Da nützt es nichts, wenn Mama und Papa schlaue Dinge sagen über Faltenwurf und wehenden Wind. Das weiß man besser, wenn man in seinem Bett liegt und sehen kann, wie die glühenden Augen des Monsters sich im Dunkel bewegen, wenn man fast hört, wie der Geifer aus dem weit aufgerissenen Maul tropft, in dem weiß die Zähne blinken und aus dem der Atem des Todes durch den Raum weht. Und wenn man ganz allein auf der Welt mit diesem Monster ist, wenn man weiß, daß es einen im nächsten Augenblick anfallen wird . . .

Die Angst vor dem Tod kennt zwei Formen besonderen Grauens – den Schrecken derer, die sich mit Vernunft und Gefühl dagegen stemmen, es nicht wahrhaben wollen, weil sie soviel noch nachzuholen haben . . .

. . . und der stille, namenlose Schrecken derer, deren Vernunft noch nicht ausreicht, sich gleichsam einen Rausch der vernünftigen Argumente gegen dieses Grauen zu verpassen . . .

. . . die leise Angst eines Kindes vor dem Einschlafen . . .

13.

Abrupt änderte sich das Gefühl.

Erst war es der Schmerz in den Beinen. Die *Zazen*-Sitzhaltung, wie sie bei der Zen-Meditation üblich ist, bereitet Anfängern oft große Schmerzen, denen sie aber nicht nachgeben dürfen.

Auch ich spürte den Schmerz in den Gliedern, schwach durch das Grauen der Erwartung schimmernd. Es war, in gewisser Weise, ein angenehmer Schmerz. Er verriet mir, daß ich noch ich war, daß ich noch lebte, funktionierte und dachte.

Und dann, von einem Augenblick auf den anderen, war alles anders.

Größe, Weite, Raum – Macht . . .

Es war dunkel um mich herum, aber das schadete nichts. Ich brauchte kein Licht. Es genügte, daß es MICH gab.

Und ICH ließ meine Kraft fließen, durch MICH selbst, ergötzte MICH an der Gewalt, die ICH über andere besaß, an der Schrankenlosigkeit MEINER Macht.

Auch räumlich war sie schrankenlos. ICH konnte den Kontakt fühlen, mit allen MEINEN Teilen . . .

. . . mit der Maus, die noch immer lebte und jetzt durch MEINEN Garten huschte. Von einem Baum war eine Nuß gefallen, die ICH jetzt zwischen MEINEN Pfoten hielt und hin und her bewegte . . .

. . . plötzlich ein Fisch, schnell, flink, mit weit aufgerissenem Maul. ICH spüre die zappelnden Bewegungen MEINES Opfers auf der Haut, und dann schließen sich meine Kiefer, ICH spüre das Bersten und Brechen von Knochen zwischen MEINEN Dreieckszähnen, und die feuchte Wärme, mit der das Blut MEINES Opfers in mein Maul schießt . . .

. . . Sorgen, Enge und Beklemmung. Vage Gefühle wehen zu MIR herüber. Und ICH begreife. ICH sitze irgendwo in der Haut eines lebenden Wesens, das sich Sorgen macht. ICH bin klein, fast unsichtbar und kaum imstande, richtig zu begreifen, was in MEINEM Wirt vorgeht. Aber ICH erahne mehr von ihm als er von MIR.

Und da ist noch etwas.

In MIR hat sich ein Gefühl geändert? Oder ist es ein Teil MEINER selbst? ICH fühle MICH anders an.

ICH bleibe an Ort und Stelle, und nichts von dem, was ICH sehe, höre, erfühle und wahrnehme, ändert sich. Und doch wird es in irgendeiner Form anders.

Und ICH begreife, daß das, was sich geändert hat, die Zeit ist.

MEINE Fäden reichen überall hin.

ICH spanne das Netz MEINER Macht über die Milchstraße. Sie gehört schon MIR, gerade habe ICH einen MEINER ärgsten Feinde absorbiert, und in MEINEM kosmischen Leib spüre ICH die sanfte Glut der Zellaktivatoren.

Das Gefühl erheitert MICH. Es erheitert MICH ungemein. Ausgerechnet ICH bin nun der Besitzer der Zellaktivatoren. Es fehlen noch einige wenige, aber das werde ICH ändern können. Und dann werde ICH alle Aktivatoren haben. Ausgerechnet ICH, es ist zu komisch. Die anderen würde es zerreißen, wenn sie es wüßten. Aber sie werden es ja nie erfahren . . .

ICH habe Zeit. Zeit berührt MICH nicht. Sie ist so unwichtig, wie Raum oder alles andere. Die Ewigkeit gehört MIR, Ewigkeiten, die kein anderes Geschöpf auch nur erahnen kann.

Nein – sie gehört MIR noch nicht ganz.

Irgendwo in diesem absurden Gebräu aus Raum und Zeit und Logik und Natur, das sich Wirklichkeit oder Einstein-Kontinuum nennt, hänge ICH noch fest, gibt es eine Stelle, die ICH nicht erreichen und beeinflussen kann.

Noch nicht.

Es ist nur eine Kleinigkeit, ein winziges Paradoxon, das sich irgendwann von selbst auflösen wird. Es amüsiert MICH.

Und ICH begreife, daß dieser Engpaß der Ausgangspunkt MEINER eigenen Existenz ist, ein Fixpunkt in Raum und Zeit, der die Koordinaten beschreibt, an denen ICH entstanden bin.

Aber . . .

Die Schmerzen kehrten zurück, ein rasendes Pochen in meinem Kopf. Ich spürte meinen Körper, ich spürte das Fremde darin. Und da war noch etwas.

Ein Sog zerrte an meinem Bewußtsein wie eine gewaltige Fliehkraft, der ich nichts entgegenzusetzen hatte. Ich wurde davon mitgerissen, immer weiter fort.

Und ich spürte den Widerstand.

Irgend etwas, irgend jemand zerrte an mir. Gezielt. Die Fahrt ging in eine ganz bestimmte Richtung.

Ich sah und hörte nichts; es war eine Reise durch einen Kosmos der Finsternis. Aber ich hatte Schmerzen, und diese Schmerzen kannte ich nur zu gut. Das scharfe, stechende Pochen in meinem Hinterkopf sprach dafür, daß ich eine Art Transition durchführte.

Ein Körpergefühl hatte ich nicht mehr. Ich war nur mehr reiner Geist, der von einer unwiderstehlichen Gewalt irgendwohin gezerrt wurde. Aber wohin ging die Reise . . .?

Ich wußte es nicht. Über eine weite Strecke, soviel war klar. Der Schmerz in meinem Hinterkopf – oder vielmehr die Analogie zu einem Schmerz, der für gewöhnlich in meinem Hinterkopf zu spüren war – verstärkte sich immer mehr. Es war, als bohre mir jemand ein weißglühendes Messer in den Nacken.

Der Schmerz hielt an, aber die Bewegung stoppte.

Etwas Zähes umgab mich. Ich konnte all dies nur fühlen, als reine Qualität, ohne jeden konkreten, handfesten und körperlichen Zusammenhang. Es war pure Abstraktion, aber aus dem Innern meines Denkens und Empfindens heraus überaus real.

Ich war irgendwo.

Und ich kannte dieses Irgendwo.

Ich war an diesem Ort schon gewesen. Ich kannte das Gefühl wieder, das zu diesem Ort gehört.

Es gibt Plätze, die man am Geruch wiedererkennen kann, andere an ihrem Klang oder an anderen Merkmalen, die für Außenstehende nicht wahrzunehmen sind; andere Plätze sind für manche Menschen, ebenfalls ohne konkrete Hinweise bedrohlich, gefährlich oder beengend. Fast jeder Mensch richtet sich in der einen oder anderen Weise nach solchen internen Hinweisen – in der Regel wird das dann als „Atmosphäre“ umschrieben.

In diesem Fall waren es nicht Klänge oder taktile Reize. Es gab an diesem Ort nichts zu fühlen, denn ich war nicht körperlich anwesend.

Und doch war dieser Platz präsent.

Er hatte sein eigenes, völlig unverwechselbares Flair, sein ganz spezifisches Parfüm ...

Und plötzlich wußte ich Bescheid.

Dann kann es also zurückgehen ...

Die Stimme des Extrasinns. Unverkennbar. Und diesmal ohne Gelächter, vielmehr mit der warmen, vertrauten Ausstrahlung. Ich spürte, wie mich das Bewußtsein durchdrang, wieder vollständig zu sein.

Als hätte ich auf dem Grund des Meeres einen Rettungsring gefunden, wurde ich nach oben geschwemmt, dorthin, wo es Licht und Luft und Leben gab, wo mein Körper auf mich wartete.

Und wie beim Tauchen war auch bei dieser Prozedur der Schmerz zur Stelle. Es fühlte sich an, als würde etwas in mir brodeln und sieden. Es pochte und stach, und der Schmerz in meinem Hinterkopf wurde so stark, daß ich einen lautlosen, aber nicht minder gellenden Schrei ausstieß.

Dann war es vorbei ...

„Rufe das Schiff“, sagte ich eilig. „So schnell wie möglich. Wir brauchen Waffen.“

„Waffen? Hier?“

Ich nickte. Mein Körper war eine einzige Versammlung von Schmerzen, aber er funktionierte wieder. Er stand unter meinem Kommando, das allein zählte.

„Wir werden gleich angegriffen“, sagte ich. „Schnell, Perry – so schnell wie möglich ...“

Agape starrte mich entsetzt an. Vor einer halben

Minute war ich aus der Meditation erwacht, zum ersten Mal seit geraumer Zeit wieder im Vollbesitz meiner geistigen und körperlichen Kräfte.

Jetzt erst wurde mir bewußt, wieviel Verzagtheit ich in den letzten Wochen empfunden hatte, wie sehr ich mich hatte treiben lassen. Und Perry hatte sich teilweise von mir anstecken lassen.

Ich sah, wie er über den Strand rannte, zu unseren Unterkünften. Dort stand auch der Sender, mit dem das Schiff erreicht werden konnte, das über unseren Köpfen in einem Orbit um Abrary kreiste.

„Was ist passiert?"

Eine einfache Frage, die Agape stellte. Aber sehr schwer zu beantworten.

„Ich habe meinen Extrasinn wieder zurück", sagte ich eilig.

Das war die Wahrheit, aber nur ein Teilstück davon. Ich hatte nicht die Zeit, ihr zu erklären, was sich in den letzten Augenblicken vor meinem Erwachen abgespielt hatte, welche Informationen das Extrahirn an mich weitergegeben hatte.

„Und?"

„Wir haben eine Chance", sagte ich. „Knapp, und gefährlich wird es auch werden. – Kannst du schießen, mit Waffen umgehen . . .?"

Agape nickte.

„. . . aber ausreichend", fuhr ich fort. „Es kann gut gehen, wenn wir ein wenig Glück haben . . ."

Mit weiten Sprüngen kehrte Perry zu uns zurück. In der Hand trug er das kleine Funkgerät, das uns mit der MORGANA über unseren Köpfen verband.

„Die Verbindung steht", sagte Rhodan atemlos. „Wie lautet die Nachricht – außer, daß wir Waffen brauchen . . ."

Ich holte tief Luft.

„Funkspruch an unsere Kontaktleute auf Kran", sagte

ich schnell und konzentriert. „Sie müssen zum Orakel vordringen. Das Orakel hat uns verraten, ungewollt, aber das ändert nichts.“

„Woher weißt du das alles?“ fragte Rhodan.

Ich winkte ab.

„Später. Das Gebiet um das eigentliche Orakel muß hermetisch abgeriegelt werden, versteht ihr? Hermetisch . . .“

Ob wirklich einer an Bord verstand? Ein hermetischer Raum war nach Definition der alten Alchemisten ein Raum, der so dicht abgeschlossen war, daß nicht einmal der Gott der Diebe daraus etwas entwenden konnte.

„Danach müssen die Räumlichkeiten genauestens untersucht werden. Und zwar unmittelbar in der Nähe von Surfo Mallagans Körper. Ich habe die Anwesenheit der Spoodies geradezu spüren können. Vielleicht sitzt ICH sogar auf einem der Spoodies. Wahrscheinlich ist von ICH . . .“

Der Schmerz entstand in meiner Magengrube und wühlte sich von dort siedendheiß in die Höhe. Ich konnte nicht anders, ich ließ den Sender fallen, preßte beide Hände vor den Bauch und krümmte mich zusammen.

Jetzt wußte nicht nur ich Bescheid – auch ICH war nun gewarnt.

Und ICH schlug zu.

Mein Körper war ein Flammenmeer, und ohne den Extrasinn hätte ich diese Tortur nicht überstehen können. Nur dieses Zusatzorgan, dessen Aktivierung ich der ARK SUMMIA verdankte, war imstande, die Nervenbahnen meines Körpers anderweitig zu beschäftigen, zumindest teilweise. Es funktionierte wohl nach dem Interferenzprinzip – und auf diese Weise entstanden in meinem Körper Zonen des Schmerzes und ruhige Bereiche.

Und das Extrahirn sorgte dafür, daß die Teile meines

Körpers, die ich jetzt dringend brauchte, nicht durch Schmerzattacken funktionsuntüchtig gemacht wurden.

Ich konnte sehen, hören und sprechen.

„Wahrscheinlich ...“, ächzte ich mühsam, denn ich mußte jeden Laut durch eine dicke Wand der Qual förmlich hindurchschieben. „Nicht mehr als ein Fleck ... mikroskopisch klein ... schwarz ...“

ICH tobte in meinem Körper. ICH schuf mir Schmerzen, wie ich sie noch nie zuvor empfunden hatte. Meine Nieren schienen zu explodieren, in meinen Beinen wütete ein Feuer. Dicke Tropfen erschienen auf meiner Stirn, ich hatte alle Mühe, meine Lippen zu bewegen.

„... schwarze Verunreinigung ... vielleicht genau auf einem Spoodie“, brachte ich über die Lippen.

„Bis dahin verstanden, weiter?“

Ich hörte die Worte über den Sender, aber ich verstand sie kaum. Selbst der Extrasinn hatte die größte Mühe, Teile meines ICHS vor den wütenden Schmerzattacken des inneren Gegenspielers ICH abzuschirmen.

„Entfernen“, stammelte ich. Meine Beine gaben nach, ich stürzte auf den Boden, begann um mich zu treten und zu schlagen. Aber Rhodan war geistesgegenwärtig genug, die Zusammenhänge zu begreifen und das Mikrophon des Senders vor meinen Mund zu halten.

„Töten. Unbedingt. Aber Vorsicht, äußerste Vorsicht ...“

Ich schrie diese Worte mit aller Kraft, und das Schreien half, die Schmerzen ein wenig schwächer erscheinen zu lassen.

„Beeilt euch!“ schrie ich. „Um Himmels willen, beeilt euch ...“

„Ver ...“

Die letzten Silben hörte ich nicht mehr.

Von einem Augenblick auf den anderen war mein Körper paralysiert. Ich drehte den Kopf zur Seite und sah Agape neben mir knien, in der Hand eine Injektionspistole.

„Danke", brachte ich mühsam über die Lippen.

Ob Agape mich verstand? Wahrscheinlich nicht.

Begleitet von einem Lärmorkan fegte eine Space-Jet über den Himmel. Der Pilot jagte das Gerät mit größter Rücksichtslosigkeit durch die Atmosphäre.

„Deckung!" rief Rhodan. Er riß Agape von den Knien und preßte sie flach auf den Boden, als die Druckwelle der landenden Space-Jet über uns hinwegorgelte. Die Bäume duckten sich, die Bucht schien zu kochen, und in unseren Ohren dröhnte der schiere Weltuntergang. Als das Toben aufhörte, war ich halb taub. Außerdem hatte die Druckwelle ein paar Zentner feinen Sand über uns gestäubt. Wir sahen bemerkenswert aus, als die ersten Männer und Frauen aus der Space-Jet ins Freie stürzten.

Rhodan winkte die Leute heran.

„Hierher!" rief er.

Keinen Augenblick zu spät.

Denn jetzt griff ICH an – mit allem, was ICH auf diesem Planeten aufbieten konnte . . .

ICH ließ uns nur wenige Minuten Zeit, uns auf die erste Angriffswelle vorzubereiten. Es reichte gerade für die nötigsten Abwehrmaßnahmen.

Die Space-Jet stand zu weit entfernt, als daß wir sie hätten erreichen können; aber die Besatzung hatte uns hinreichend mit Waffen versehen. Und wir hatten uns am Strand eingegraben.

ICH kam.

Und es entsprach seinem Selbstwertgefühl, uns zunächst mit großem Kaliber beindrucken zu wollen.

Informationen aus deinem Gedächtnis, informierte mich der Logiksektor.

Was da durch das Unterholz herangestapft kam, war ein leibhaftiger Dinosaurier, ein *Tyrannosaurus rex,* gewiß ein beeindruckend scheußliches und gefährlich erscheinendes Tier. Aber da ICH noch nicht imstande war – wie ICH es später sein würde –, solche Mimikry-Körper perfekt zu steuern, wankte der Saurier wie ein betrunkener Riese auf uns zu. Was das Riesentier dabei allerdings mit den Bäumen und den Sträuchern anstellte, war genug, um einige Gesichter sehr käsig werden zu lassen.

„Herankommen lassen", bestimmte Rhodan.

Wir waren zu siebt – fünf Männer, zwei Frauen, eine davon war Agape. Ganz Kind ihrer Zeit hatte sie kaum Ahnung vom Umgang mit Waffen und hantierte eher ungeschickt damit herum. Aber es würde genügen, den Koloß unter Feuer zu nehmen.

„Jetzt . . ."

Es war kein schöner Anblick, eher ein scheußliches Gemetzel. Der Dinosaurier wurde von einem Dutzend Schüsse getroffen und brach zusammen.

Wenig später formte sich aus seiner Körpermasse ein neuer Angreifer des gleichen Bautyps – ICH war nicht sehr einfallsreich.

Es war ein reiner Wettlauf mit der Zeit.

ICH hatte natürlich auch auf Abrary seine Ableger – Lebewesen wie diese Pilze vermehren sich ja rasend schnell, sie waren überall zu finden. Und jetzt, für diesen Angriff, zog ICH seine Zellen zusammen, um sie zu neuen Geschöpfen zusammenzuschmelzen, die uns attackieren sollten. Aber das gelang nur unvollkommen.

Zum einen brauchte ICH Zeit, seine Masse überhaupt an einem Ort zusammenzuziehen, zum anderen war das Geschöpf des Grauens noch nicht fähig, diese Körper wirklich perfekt zu steuern.

Deswegen ja war ich das bevorzugte Opfer von ICH gewesen – ICH brauchte mein Wissen, um seine Pläne verwirklichen zu können. Noch war ICH nichts weiter als eine hochgefährliche Mikrobe. Wenn es uns gelang, sie auf diesem Niveau zu halten, hatten wir gewonnen.

Aber das war einfacher gesagt, als getan.

Ich konnte in das Gefecht nicht eingreifen. Die Injektion, die Agape mir verpaßt hatte, hatte die gewünschte Wirkung – ich war völlig lahmgelegt. Nur meine Wahrnehmung funktionierte noch. Und ich war, mit einiger Mühe, imstande, etwas zu sagen.

Ansonsten mußte ich mich aufs Zusehen beschränken.

So sah ich, wie der zweite Saurier im Feuer der Verteidiger zusammenbrach, ohne mehr erreicht zu haben als ein paar Schritte Raumgewinn.

Das aber konnte genügen, wurde mir bewußt. Wenn ICH ...

Wie ich es geahnt hatte. ICH war lernfähig.

Die nächsten Angreifer waren kleiner. Schwarze Panther tauchten im Gestrüpp auf, fauchten, schlichen sich auf weichen Sohlen heran. Es waren sechs an der Zahl, wenig später tauchte ein siebter auf. Allmählich kam also auch der Nachschub in Gang.

Rhodan und seine Leute verteidigten sich verbissen. Sie kämpften auch die Raubkatzen nieder, die voller Ungestüm versuchten, über meine Freunde herzufallen. Und ich konnte sehen, daß es Rhodan und den anderen sehr schwerfiel, auf diese prachtvollen Geschöpfe zu schießen.

Ich lauschte in mich hinein. Mit meinem Körper war auch der ICH-Anteil in mir stillgelegt worden.

Ich versuchte mich zu bewegen, aber es klappte nicht.

„Agape ..."

Ich brachte nur ein Flüstern über die Lippen.

„Agape ... !"

Diesmal hörte sie mich, kam näher und bückte sich so tief herab, daß ihr Ohr meinen Mund fast berührte.

„Hör zu", sagte ich sehr leise und eindringlich; mein Gehirn arbeitete auf Hochtouren. „Ihr müßt euch ein

Stück zurückziehen. Und seht zu, daß ich bei eurer Flucht hierbleibe . . ."

Agape schüttelte den Kopf.

„Niemals!" stieß sie hervor.

„Tu, was ich sage", brachte ich über meine Lippen. „Bitte, hab Vertrauen zu mir. Der Plan ist von meinem Extrahirn . . ."

Und von Li Tai Ho, aber das fügte ich nicht hinzu. Irgendwann, so nahm ich mir vor, würde ich diesen schwarzhäutigen Chinesen fragen, woher er seine unglaublichen Kenntnisse bezogen hatte.

„Bitte, Agape . . ."

Sie zögerte. Ich sah, wie sich ihre Augen befeuchteten.

„Ich bleibe aber bei dir", sagte sie dann.

„Unter keinen Umständen", gab ich zurück. „Ich weiß, was ich tue. Ich muß ICH allein entgegentreten . . ."

Agape stieß ein spöttisches Lachen hervor.

„Wie im Film? Wer oder was du auch bist? ICH, in diesem Kosmos ist für uns beide kein Platz . . .?"

Wider Willen mußte ich grinsen. Agape hatte keine Ahnung, wie richtig sie damit lag.

„Bitte . . . verdammt noch mal, Mensch, tu, was ich dir sage . . ."

Agape richtete sich auf.

„Wenn du jetzt Weib oder so etwas gesagt hättest . . ."

Ich sah, wie sie hinüberkroch zu Rhodan. ICH hatte sich inzwischen für *Pteranodons* entschieden, Flugsaurier. Und ICH wurde im Umgang mit diesen Geschöpfen immer sicherer. Zwei, drei dieser Geschöpfe wurden getroffen und stürzten ab – und dabei kamen die Kreaturen, die ICH schuf, Meter für Meter näher an Rhodan heran. Oh, ICH hatte durchaus etwas gelernt – Gerissenheit . . .

Ich sah auch, wie Rhodan den Kopf wandte, zu mir herübersah. Mit Mühe brachte ich ein Nicken zuwege.

Perry preßte die Lippen aufeinander, dann sah ich auch ihn nicken.

Innerlich stieß ich einen Seufzer aus.

Was hatte Li Tai Ho gesagt: *„Wahrscheinlich wirst du erst sterben müssen, um ICH besiegen zu können . . .“*

Nun denn . . .

Rhodan gab seinen Leuten Zeichen und Befehle. Sie zögerten, warfen Blicke auf mich, dann gehorchten sie mit deutlichem Widerwillen. Ihre Stellungen wurden wenig später von ICHS Kreaturen überrollt.

ICH hatte sich nun endgültig dafür entschieden, seine wahre Natur nicht länger zu verleugnen. Er beeindruckte jetzt nicht mehr mit plumper Masse, sondern mit der Vielzahl. Und er kannte die Vorurteile seiner Gegner.

Was sich da heranwälzte und von Minute zu Minute verstärkte, war eine Armee aus Ratten und Spinnen. Sie zählten zu Tausenden, und bei den Spinnen hatte sich ICH für den Typ großer haariger Spinnen entschieden, wie er bei den Menschen besonders großen Abscheu erregt.

Zu Recht – ich mochte diese Viecher auch nicht. Handtellergroß, mit zuckenden, haarigen Beinen, kamen sie herangekrochen. Und die Ratten schwärmten aus und machten Jagd auf die Flüchtenden.

Ich sah genauer hin.

Es waren nicht nur Vogelspinnen, die mir – buchstäblich – zu Leibe rückten. Es waren auch kleinere Spinnen darunter. Der Biß einer Vogelspinne war zwar sehr unangenehm, aber bei weitem nicht lebensgefährlich. Aber es gab auch Spinnen, wenn auch nicht auf Abrary oder der Erde, deren Gift ein Nilpferd hätte fällen können.

Die Wirkung der Spritze ließ ein wenig nach. Ich konnte mich wieder ein wenig bewegen – genug für meine Zwecke.

Und es ging ziemlich schnell, so daß ich nicht allzuviel Angst auszuhalten hatte.

Ich brauchte nur zur rechten Zeit meine Hand zu bewegen und wurde prompt gebissen . . .

Ich spürte, wie das Entsetzen aufbrodelte.

Und diesmal war es nicht nur mein Entsetzen – es war auch das von ICH. Wie das Extrahirn es geschafft hatte, die Informationen aus meinem Gedächtnis zu tilgen, blieb mir unbekannt – es genügt die Wirkung.

Ich wurde gebissen, und das tödliche Gift verbreitete sich in meinem Körper. In dem Körper, der inzwischen zu wenigstens zwei Dritteln von modifizierten ICH-Zellen übernommen worden war. Und für diese modifizierten Zellen war das Gift ebenso tödlich wie für den Rest meines Körpers.

Das konnte ICH meinem Gedächtnis entnehmen. Bewunderungswürdig hatte sich tage- wochenlang das Extrahirn im Hintergrund gehalten und so getan, als sei es ebenfalls von ICH übernommen worden. Jetzt schlug das Zusatzorgan zu, unterschlug Existenz und Wirkungsbreite eines Zellaktivators und überließ ICH seiner jähen Todesangst.

Und vor nichts hatte ICH soviel Angst . . .

Der Schock war so stark, daß sich mein Körper aufbäumte, als ICH davon getroffen wurde. Ich hörte einen gräßlichen Schrei und folgerte, daß ich derjenige gewesen war, der diesen Schrei ausgestoßen hatte.

Dann spürte ich die Kälte des Todes durch meine Adern rollen . . .

ICH zog sich zurück, nahm mich mit. In seiner entsetzlichen Panik fielen die letzten Barrieren und Kontrollen, die ICH noch gehabt hatte. Nur von dem Wunsch beseelt, die eigene Existenz um jeden Preis zu sichern, gab ICH jede Vorsicht auf.

Es waren Abgründe des Grauens, in die ich schaute,

eine Todesangst, die alles an Grauen übertraf, was ich bis zu diesem Augenblick erlebt hatte.

Es war eine Empfindung, wie ich sie vorher und nachher niemals wahrgenommen hatte. Eine erschrekkende und zugleich süchtig machende Erfahrung von Angst und Lust, von erbärmlicher Schwäche und kosmosweitem Wahndenken.

Schon damals, als ich einem meiner Ebenbilder gegenübergestanden hatte, als er und ich unsere Hände auf einen speziell dafür vorbereiteten Bildschirm gelegt hatten, war eine Verbindung zustande gekommen, ähnlich jener, die in diesem Augenblick bestand.

Damals wie heute hatte ich einen seltsamen Effekt, der Rückkoppelung erlebt, mich zugleich von außen und innen erlebt, und die gleiche doppelbödige Empfindung hatte ich auch in bezug auf jenes fremde Wesen, das sich ICH nannte.

ICH hatte Angst, mehr Angst, als ich selbst jemals erlebt hatte. Und ICH haßte alles und jedes, was sich ihm in den Weg stellte und ihm Angst bereitete.

In dem Augenblick, in dem ich von der kleinen giftigen Spinne gebissen wurde, bekam ich nicht nur eine Portion Gift in mein Inneres gespritzt. In einem höchst eigentümlichen Kurzschluß seelischer Art trafen sich in meinem Inneren ICHS wichtigste Regungen – seine grauenvolle Angst vor dem Erlöschen seiner Existenz und sein alles verzehrender und vernichtender Haß.

Und dem Aufeinanderprallen dieser Gewalten war nicht einmal ein Geschöpf wie ICH gewachsen ...

ICH schrumpfte zusammen, reduzierte sich auf seine eigentliche Substanz – und das war nicht viel.

Und dann wußte ich Bescheid, und von einem Augenblick auf den anderen war der Fall erledigt ...

EPILOG

„Und was ist nun eigentlich passiert?“ fragte Reginald Bull. „Ich habe die Zusammenhänge immer noch nicht begriffen?“

Ich nippte an meinem Drink.

Wieder war es ein gemütlicher Abend, wieder saßen wir beisammen in meinem Garten – ohne Mäuse, versteht sich. Neben mir saß Agape und ließ sich nicht im mindesten von der Prominenz beeindrucken, die sie umgab.

„Ein Teil der Geschichte wird immer ein Gegenstand der Spekulation bleiben“, sagte ich nach kurzer Pause. „Das Extrahirn hat eine Theorie entwickelt, nicht zuletzt im Zusammenhang mit einem zweiten Traumerlebnis, das ich im Jet-Strahl von Alkordoom hatte. Nach dieser Theorie leben wir in einem oszillierenden Universum. Es dehnt sich aus, fällt wieder zusammen, dehnt sich erneut aus. Diesen vollständigen Kollaps eines Universums kann kein Geschöpf überleben, auch kein Aktivatorträger. Nur die Kosmokraten können das, theoretisch. Denn unser Universum hängt mit drei anderen Universen zusammen – einem Universum, in dem die Zeit aus unserer Sicht rückwärts zu laufen scheint, sowie zwei Universen, die diesen beiden gleichen, aber aus Antimaterie bestehen. Ein gewisser Isaac Asimov hat dieses Universen-Prinzip entwickelt, und es wird dann auch Asimov'sches Quartett genannt.“

„Irgendwoher kenne ich den Namen“, murmelte Bully. „Weiter, Atlan . . .“

„Kosmokraten sind nun die einzigen Wesen, die zwischen diesen Universen hin und her pendeln können – und damit eine Chance haben, den Kollaps zu überleben, wenn auch in einer Form, die für uns unvorstellbar ist. Aber . . .“

„Wie schön“, sagte Bully grinsend. „Wußte ich es doch, daß ein Aber bei der Sache ist . . “

„Die vollständige Neuschöpfung eines Universums verlangt, daß wirklich alles, was zu diesem Universum gehört hat, wieder neu ins Spiel gebracht wird. Deswegen opfern sich die Kosmokraten beim Kollaps eines Universums auf – sie verströmen in einem entropischen Impuls, der dafür sorgt, daß die Schöpfung wirklich neu beginnen kann und nicht in Routine erstarrt.“

„Hmm“, machte Rhodan. „Es hört sich an, als würdest du von Gott sprechen . . .“

Ich lächelte.

„Ich denke anders“, sagte ich. „Ein Gott, dessen Ängste wir kennen, dessen Lebensstruktur wir zu enträtseln vermögen – das wäre kein wirklicher Gott. Die Kosmokraten sind Lebewesen in einer uns unbekannten Form, aber sie sind ganz gewiß keine Götter . . .“

Agape runzelte die Stirn.

„Routine? Wie alt wird denn ein Universum?“

„Ein paar Milliarden Jahre“, antwortete Rhodan. „Hier sind Zeiten im Gespräch, die kein Mensch mehr richtig nachvollziehen kann . . .“

„Deswegen mache ich es kurz“, fuhr ich fort. „Es gibt aber unter den Kosmokraten Wesen, die zu diesem Opfer nicht bereit sind . . .“

„ICH! “

„Richtig, Agape“, bestätigte ich. „Und daher hat ICH sich verwandelt, zweigespalten gewissermaßen. In einen primitiven Einzeller, den keiner ernstnimmt – und in eine geistige Wesenheit, die ihren Sitz im Hyperraum haben sollte. Als ICH wollte dieser abtrünnige Kosmokrat die Entwicklung unseres Universums in seinem Sinn beeinflussen und die Entstehung von weiteren Kosmokraten verhindern – wie, das haben wir ja herausgefunden. Durch Kontrolle zahlreicher Galaxien . . .“

Bully sah mich zweifelnd an.
„Und du . . .?“
„Ich trage ICH wahrscheinlich schon seit langer Zeit im Körper“, sagte ich nachdenklich. „Damals, im Jet von Alkordoom ist diese Entwicklung zum ersten Mal sichtbar geworden . . . Da im Hyperraum die normalen Gesetze von Raum und Zeit nicht gelten, konnte ich diesen Blick in die Zukunft tun . . .“
„Reale Zukunft?“ fragte Rhodan.
Ich schüttelte den Kopf.
„Ich glaube nicht. Ich vermute vielmehr, daß es sich bei diesen Ereignissen um eine Art geistigen Film gehandelt hat, einen Wunschtraum, in den sowohl die Hoffnungen von ICH als auch die kalten, rationalen Kalkulationen meines Extrasinns eingegangen sind. Aber damals muß der Extrasinn ICH in meinem Körper schon aufgespürt haben. Und er hat schon frühzeitig einen Gegenplan entwickelt und sich zur rechten Zeit einfach zurückgezogen.“
Perry wölbte die Brauen.
„Bist du sicher? Nur ein Traumgebilde?“
„Dafür spricht“, antwortete ich, „daß dieser sogenannte Jet-Traum sehr viel von meiner Persönlichkeit enthält, er trägt gleichsam meine Handschrift. Aber es war auch etwas darin von der Gefahr, die ICH für unser Universum bedeutete. Nicht nur, daß ich im Traum über meine Möglichkeiten phantasiert habe und dabei, wie immer in Träumen, mit den Gesetzen der Realität recht frei umgegangen bin. ICH hat das gleiche getan. Und was diesen *Mauer-Effekt* angeht, von dem ich geträumt habe . . .“
„. . . und für den ich mich aus naheliegenden Gründen ganz besonders interessiere“, warf Perry ein.
„. . . so bin ich mir immer noch nicht ganz sicher“, fuhr ich fort. „Ich weiß nicht, ob es sich dabei um einen echten Blick in die Zukunft handelte oder um einen

Wunschtraum von ICH oder aber, und diese Möglichkeit wird vom Extrahirn für die wahrscheinlichste gehalten, für einen seelischen Vorgriff von ICH auf die Möglichkeiten, die ICH gehabt hätte, wenn sein Plan gelungen wäre . . ."

Rhodan stieß einen halblauten Pfiff aus.

„So etwas hätte ICH gekonnt?"

Ich zuckte mit den Schultern.

„Das kann ich nicht beurteilen. Ihr dürft nicht vergessen, daß Träume ihre eigene Sprache haben, die sich der normalen Logik entzieht. Nehmt meinen Traum am besten als eine Art Sage oder Legende, die sich auf die Zukunft bezieht . . ."

„Und du – bist du jetzt ICH? Und wirst es bleiben?"

Guckys Stimme verriet Sorge um mich. Ich drehte mich zu der Mykologin um.

Agape schüttelte den Kopf.

„Die Mimikry-Zellen sterben ganz normal ab, wie alle anderen Körperzellen auch und werden durch normale Zellen wieder ersetzt. In spätestens zwei, drei Monaten wird in Atlans Leib nichts mehr von ICH zu finden sein."

„Puh", machte Bully. „Gott sei Dank. Wenn ich mir vorstelle, in meinem Körper würde noch jemand hausen . . ."

„Platz genug wäre ja", meinte Gucky mit einem Blick auf Bullys Leibesfülle.

Bully fiel in das Gelächter ein.

„Und der Schluß? Wie hat der funktioniert?"

Ich schluckte unwillkürlich, als ich daran dachte.

„Grauenvoll", sagte ich leise. „Ich hatte schon damals, in dem Jet-Traum einen Kontakt mit ICH, als ICH mir in meiner eigenen Gestalt entgegentrat. Diese Rückkoppelung habe ich ein zweites Mal hergestellt, als ich mich von der Spinne beißen ließ . . ."

Und ich erinnerte mich an das Entsetzen, das ich empfand. Nicht nur Todesangst, sondern auch das Schaudern vor der unvorstellbaren Fremdheit dieses Wesens. Wie damals hatte ich auch auf Abrary das schreckliche Gefühl, in einen wirbelnden Abgrund verwirrender Gefühle hineingezerrt und aufgesogen zu werden.

Was ich damals nicht geahnt hatte – ICH war es bei diesem Kontakt ähnlich ergangen. Zum ersten Mal hatte ICH bei dieser Gelegenheit Kontakt mit sich selbst gehabt ...

Und auf Abrary zum zweiten Mal, angereichert um das Wissen, daß er sich selbst mit seinem Gift den Tod gebracht hatte. Den Tod ...

Schon die Gedanken an den eigenen Tod hatte ICH aus sich heraus verbannt – aber auf Abrary war ICH unausweichlich damit konfrontriert worden ...

„Ich nehme an, daß ICH sich in vermeintliche Sicherheit gebracht hat und in den Hyperraum geflohen ist, ohne sich um seine körperliche Ausprägung zu kümmern. Den Entstehungskeim von ICH hat man auf Kran gefunden, einen Schmutzfleck auf einem Spoodie des Orakels. Mit der Entfernung dieses Flecks ist das Kapitel ICH dann endgültig beendet ...“

„Hoffentlich“, murmelte Rhodan nachdenklich. „Mir macht dieser *Mauer-Effekt* immer noch Sorgen! Bist du sicher, daß es sich dabei nur um eine Phantasie handelt? Entschuldige, wenn ich noch einmal danach frage. Was meinst du – kommt er, oder kommt er nicht?“

Ich zuckte die Achseln.

„Es wird dazu kommen“, sagte ich. „Irgendwann – vielleicht tatsächlich in wenigen Jahrhunderten, vielleicht erst in Millionen von Jahren. ICH hatte kein Zeitgefühl ...!“

„Was? Kein Zeitgefühl ...“

Agapes Worte drückten Erstaunen aus, sogar Unglauben.

„ICH hat sich in die gleiche Falle manövriert, in der auch viele Menschen leben“, versuchte ich zu erklären. „ICH hatte vergessen, daß Glück, Wohlbefinden, kurz alles Schöne, nur auf dem Hintergrund von Übel wahrnehmbar ist. Menschen, die ihre Lebensumstände für normal halten, vor allem, wenn sie sehr gut sind, prellen sich selbst um ihre Zufriedenheit. Wer auf einem Berggipfel steht und nur nach noch höheren Gipfeln Ausschau hält, der wird jammern und klagen, wenn er auf einer Hochebene leben muß . . .“

„Womit wir zum Thema unserer letzten ruhigen Unterhaltung zurückgekehrt wären . . .“, sagte Rhodan amüsiert und nachdenklich zugleich.

Ich nickte.

„ICH hat diese Geisteshaltung in ganz besonderem Maß verkörpert“, sagte ich. „ICH hatte vergessen, daß zum Leben auch Hunger und Durst und Regen und Krankheiten gehören. Davon frei zu sein, gut essen und die Sonne genießen zu können, ist wunderbar – aber es ist nicht der Normalzustand des Lebens. Es ist der Luxus, und wer das für selbstverständlich erachtet – der hat dann für den Rest seines Lebens nur noch zu jammern. Im Fall von ICH war es so, daß er seine Sterblichkeit nicht wahrhaben wollte. Und das Ende einer Existenz ist ohne den Begriff Zeit nicht vorstellbar. ICH hatte kein Empfinden für Zeit mehr – jedenfalls nicht, so lange man ICH nicht dazu zwang, sich damit zu beschäftigen . . .“

„Eine seltsame Philosophie . .. “, murmelte Agape.

„Aber sehr weit verbreitet“, antwortete ich. „Du brauchst nur durch die Straßen der Städte zu gehen und zu schauen. Und wen du jemanden siehst, dann versuche einmal – heimlich, so daß es niemand merkt – den

Gesichtsausdruck der Menschen nachzugestalten, die dir begegnen."

„Und was werde ich finden?" fragte Agape.

Bully machte ein betroffenes Gesicht.

„Unzufriedenheit", sagte er. „Ich sehe die Gesichter vor mir, fast plastisch. Ich erlebe es jeden Tag. Unzufriedenheit, das ist das Schlüsselwort . . ."

Perry grinste.

„Ewige Glückseligkeit auf Erden haben, es wäre nicht auszuhalten . . ."

„In der Tat", murmelte ich. „Es wäre nicht auszuhalten, jedenfalls nicht für lange . . ."

Aber für diesen Tag . . .

Die Abendsonne schien auf uns herab, der Wein war gut und kühl, und wir waren nach einem Tag voll Arbeit auf eine sehr rechtschaffene Weise müde. Rhodan lächelte versonnen, Bully grinste spitzbübisch, vermutlich dachte er an seine neue Freundin, und ich sah Agape an und sie mich.

Und das genügte mir . . .

ENDE

Als PERRY RHODAN-Taschenbuch Band 311 erscheint:

H. G. Ewers

Die Genetische Allianz

Iruna auf den Spuren ihrer Herkunft – und im Sog der Vergangenheit
Ein Raum-Zeit-Abenteuer von H. G. EWERS

„Unter den Panzerschalen der Finsteren Planeten pulsierte das Leben – so, wie es einst unter den Schalen der Reptilieneier pulsiert hatte.

Iruna von Bass-Teth wußte nicht mehr, woher sie kam und wohin sie wollte. Sie kannte nur noch ihren Namen und den ihres unendlich fernen Gefährten. Und sie wußte, daß sie aus einem Schwarzen Sternentor in diesen Teil des Universums gekommen war, in dem der Schrecken regierte . . .“

Als Iruna das Geheimnis der Toten Augen von Bugaklis zu lösen versucht, gerät sie im Zerotraum in den Sog von Geschehnissen, die sich Jahrtausende vorher abspielten und noch immer bestimmend auf die Gegenwart einwirken.

Ein Roman aus dem 12. Jahrhundert NGZ.

PERRY RHODAN-Taschenbuch Band 311 in Kürze im Buch- und Bahnhofsbuchhandel sowie im Zeitschriftenhandel erhältlich.